GAEA

Gaea

Gaea

Gaea

守護靈

Tales
of Mystery 2
詭語怪談系列

星子 —— 著

守護靈

目錄

不要覺得筆者將故事當中的「國中生」寫得太早熟了喔，自認爲大人的人啊，其實是你們不自覺地修正了腦海裡對於「小孩子」的形象不是嗎？當年的你我，其實也是這麼走過來的。

再仔細回想一下，你會想起來的。

石大哥

01 招靈

晚上十一點，這所國中校區內靜謐安寧，月光將整個紅土操場映照得瑩瑩發亮。負責巡察的工友阿伯窩在警衛室中，專注盯著小電視機放送的政論節目，大口咬著水煎包、激動按著電話鍵，試圖撥通節目的觀眾發聲熱線，也想對當前時局大發議論一番。

也因此他並未察覺到校園東側牆外那三個佇在牆邊四顧張望的學生。

三個學生一男兩女，是同班同學。男生個頭瘦小，戴著粗框眼鏡，捲起袖子伏蹲在地，轉頭望向兩個女同學。

「可以嗎？」瘦高女生抬起腳，踩上小個子男生肩背，只聽他悶吭一聲，肩頭登時給踩低幾吋，瘦高女生笑著說：「松仔，我怕會踩死你耶。」

「不會啦，美君妳快點！」松仔咬著牙，使勁將自己的肩膀撐得更高些。

「好吧，你忍耐一下！」那叫作美君的瘦高女生向上一蹦，另一隻腳也踩上松仔另一邊肩膀，同時她的雙手已經搆著了牆沿，她感到腳下虛浮搖晃，松仔的身子已經讓她踩得搖搖欲倒，急忙叫喚：「小筑，幫忙扶一下！」

另一個叫作小筑的女生連忙上前托住美君的臀，一陣忙亂之後，美君終於跨坐上牆，她將身子伏低，伸手下探，牽住小筑的手。

松仔仍不起身，讓小筑踩著他的肩攀上牆去，他見兩人都安穩坐上牆沿之後，這才起身，喘吁吁地說：「小筑比較輕，美君妳要減肥啦……」

美君面露怒色，指著自己纖細的腰身說：「沒地方可以減了啦，我是身高比較高，所以骨架比較大好不好！」

美君和小筑各自垂下一手，將松仔也拉上牆，三人躍入校區內，提心吊膽、興奮緊張地奔穿過矮樹叢、單槓和沙堆，來到校園角落一處靜僻地方，那兒靠近學校後門，遠遠只看見五層樓高的教室樓房下蹲著一個人影。

「嘿，文傑——」美君朝那人影揮手呼喊，那人影起身，也向三人揮手。

三人匆匆趕去，只見那叫作文傑的男同學一臉神祕，腳邊擺著一張方紙，紙旁燃著一根蠟燭，焚著三炷香，香的煙霧順著蠟燭火氣飄裊旋繞，瀰漫著一股焦油臭味。

「你們眞慢，我還以爲你們不來了。」文傑這麼埋怨，瞧瞧三人，發覺還少一人，不悅地罵：「阿育不來喔？有夠孬種啦！」

「你幹嘛這樣說，說不定人家有事。」小筑替阿育緩頰，她低頭看了看那映出詭譎光影的方紙，上頭寫著密密麻麻的字，不禁有些害怕，心中微微響起退堂鼓聲，她說：「你是認眞的喔。」

「當然是眞的，不然三更半夜把你們找來學校發瘋喔！」文傑揮著手將三人招來他身旁，他見到腳邊三炷香已燒去大半，急急地說：「我們開始，不要管阿育那個俗仔！」

松仔、美君、小筑三人面面相覷，照著文傑指示蹲在方紙四周。文傑掏摸書包，取出一只書本大小的飽滿布袋、一只小碟子和一本筆記本。

他翻了翻筆記本，複習幾頁內容，隨手闔上，煞有其事地掃視每一個人的眼睛，說：「你們看清楚我接下來的動作喔，一個步驟都不能少。」

文傑捏起那只背面寫著硃紅符字的小碟子，碟底朝上，反扣在方紙正中央一個圓圈上。

「如果做錯了，會很危險。」

「這不是碟仙嗎？」松仔插口說：「你不是說要請守護靈？」

「你懂個屁啊，守護靈就是要這樣子請。」文傑白了松仔一眼，從口袋裡掏出一只巴掌大的棗紅色布袋，將束緊袋口的紅線纏繞上手指，再捏著紅布袋按上小碟底座；他用另 手撥翻開筆記上寫有密麻咒語的那一頁，清了清喉嚨，就要開口禱唸。

「喂——」遠處又有一個男孩低著身子奔來，壓著聲音喊：「你們沒義氣耶，怎麼不等我？」

「阿育！」「你眞慢耶。」「遲到鬼！」眾人同時出聲斥責。

阿育莫可奈何地攤手說：「我等我爸媽睡了才偷跑出來的。」

「好啦好啦，不要再浪費時間了，香都快燒完了。」文傑氣呼呼地罵著，也不等阿育蹲下，急急照著筆記誦唸起咒語。

阿育儘管晚到，還搞不清楚狀況，但他見眾人神情緊張，也知道這一刻不該再多說廢話，應該安靜謹慎些。他在小筑的身後緩緩蹲下，見到小筑的肩膀微微顫抖著。他知道小筑一向膽小，本想伸手按按小筑的肩，讓她鎮定，但他的手尚未觸及她的肩，便被小筑那聲驚叫嚇得向後坐倒。

同時，他見到那張方紙上的碟子動了，在方紙緩緩畫圓繞圈。

小筑察覺眾人都讓她突然的驚叫聲嚇著，趕緊摀住自己的口，露出抱歉的神情。美君緊抿著嘴，緊抱雙膝；松仔不停推著眼鏡，大氣不敢透一聲，且不時打量文傑，松仔害怕歸害怕，也不免懷疑眼前碟子繞圈，只是文傑在裝神弄鬼。

文傑功課平平、體育平平，沒有任何特殊才藝，但他有個從政的民代老爸，也因而造就出他那驕縱個性，使得他在班上人緣並不好，眼前幾人已是他平時少數有話可講的朋友了。

此時的文傑卻一反常態，像是個穩重的大人，對於小筑的驚叫、松仔那懷疑目光一點也不在意，只是專注反覆唸誦著手冊上的咒語，他甚至對手指底下緩緩轉動的碟子也不甚在意。

「請問你是男是女？」文傑突然開口問話。

在一片寂靜中，那小碟子緩緩挪動到了「男」字上。

「請問你年紀多大呢？」

碟子依序壓過「十」和「五」兩個字。

「我猜……你就是三年前從頂樓摔下來的王同學，對不對？」

眾人聽文傑這麼問，陡然一陣驚駭

三年前墜樓跌死的王同學，在文傑等入學前一年墜樓，學校裡不免流傳起許多關於王同學死後徘徊在校園裡的傳聞耳語；因此儘管他們從未見過王同學，卻對他生前死後種種事蹟如數家珍。

大家正覺得文傑那問話似乎有些直白無禮之際，便見到那碟子移動路徑紊亂起來，像是一隻給踩著尾巴的狗般，最終卻還是壓在了「是」字上頭。

「文傑，你……」松仔怯怯地說：「我說啊……如果這是真的，你是不是應該要禮貌一點？」

美君在一旁附和地說：「對啊，你不要問這麼白目的問題。」

文傑看了看兩人，露出一抹神祕的笑，又對碟子說：「王同學，摔在地上的那一瞬間有多痛啊？」

碟子激烈地顫動起來，文傑拋下手冊，將繫在指上的小紅布袋，湊近小碟一側，再將小碟那側微微抬高，讓紅布袋口對準微微抬起的小碟邊緣。

在這短暫瞬間，四人屏住氣息、眼睛眨也不眨，每個人都清楚地看見一股青白色光霧自小碟底下「溜」入小紅布袋裡。

小筑這次沒有驚叫，身子倒是激烈一顫，像是在放映著恐怖電影的電影院裡，讓突然乍響的恐怖音效嚇著般。

松仔嘴巴大張，眼睛瞪得快和嘴巴一樣大，眼鏡都歪了；美君同樣驚慌失措得一點也沒有察覺自己嚇得變了形的抱膝姿勢已經露出了底褲，讓蹲在對面的阿育瞧得一清二楚；阿育當下倒是根本無心偷窺美君的底褲，他同樣將全部心思都放在文傑雙手動作上。

文傑生澀地將那小紅布袋上的繫繩打了個結，他們見到文傑雙眼微泛血絲，額上筋脈畢露，知道他此時想來也興奮緊張到了極點。

文傑凝視著捏在手中的小紅布袋好一會兒，這才將視線放回其餘同學臉上，說：「這是第一個步驟，現在我的守護靈，就被關在這個袋子裡頭。」

「接下來，要讓他聽話。」文傑一面說，一面揭開了剛才一同自書包中取出的那只鼓脹袋子，裡頭是滿滿的五穀雜糧和一些不知名的配料。他將裝著守護靈的小紅布袋塞入米袋裡，說：「這樣可以化解守護靈的戾氣。」

「化解戾氣？」松仔提出了一個其實大家心裡有數的問題：「如果戾氣沒有化解，會怎麼樣呢？」

「哼哼。」文傑詭譎地朝他笑笑，反問：「你說呢？如果你把一隻冤死的鬼關進一個小袋子，又沒有化解他的戾氣，你說會怎樣呢？」

「會反噬主人！」松仔推推眼鏡，嚥著口水說。

「對。」文傑挑高眉毛，目光掃過眾人，煞有其事地緩緩點頭。

文傑將米袋封好，又從胸前衣襟裡取出另一只小紅袋，捏在手上晃著說：「這是我第一個守護靈，不過不是很好用，因為是隻狗靈。」他一面說，又從書包中取出三炷香，插在土上，將香點燃，他捏著那裝有狗靈的小紅布袋離燃香二十公分處微微晃動，彷彿在燻烤那只小布袋一般。

「你這樣是在幹嘛？」眾人問。

「餵他吃東西。」文傑回答，指著那三炷香說：「這不是普通的香喔，你們仔細看看。」

「上面有頭髮。」松仔推著眼鏡仔細打量，那三炷香上，纏繞著幾絲黑髮。

「不只耶，還有我的血。」文傑這麼說，跟著又補充：「每天都要餵守護靈『吃飯』，不然他沒力氣幫你做事。」文傑解釋所謂「餵」守護靈吃飯，就是點燃纏繞著頭髮或是沾染鮮血的線香，煙燻這只裝著守護靈的小紅布袋。

「一定要用頭髮跟血？」小筑問。

文傑點點頭說：「兩個其中之一就可以了，但是一起用的話，效果會比較好。記得一定要用自己的，不然守護靈怎麼會認你作主人呢？」文傑這麼說，還伸出他貼著ＯＫ繃的右手食指，說：「鮮血的效果又比頭髮好一些，不用太多，只要割個小傷口，盡量擠出血，摻米酒做成小小一瓶，可以用很久。」

文傑邊說，再從書包中取出一個容量約莫兩百毫升的玻璃小瓶在四人面前晃了晃，裡頭裝著八分滿的淡紅色液體，就是他口中的鮮血摻米酒。

「其實不算太難。」松仔歪著頭考慮。

「本來就不難，你們也弄一個來玩玩吧。」文傑慫恿地說。

「養這個可以幹嘛？」阿育儘管對方才所見情形感到驚訝，卻仍然摸不著頭緒，文傑第一次向他透露「守護靈」這檔事，是在三天前的體育課，當時阿育在負責防守的文傑面前跨步上籃，無意間將文傑撞倒在地。

文傑一反跋扈常態沒有吵鬧發作，也沒有還手推人，而是笑嘻嘻地請了阿育一罐飲料，「講故事」給他聽，內容大致是敘述自己前往遠房親戚家作客時，高齡八十五歲的老姨婆傳授給他這養鬼之術。

在阿育之前，文傑已經向小筑、美君、松仔三人遊說過了，文傑敘述時，自作主張地將「鬼」改成了「守護靈」，且將這「守護靈」說得如同護法神仙一般無所不能，大夥兒的好奇心便這麼被勾了起來，也促成了今晚之約。文傑要親自示範如何「捕捉」到守護靈。

此時文傑見阿育的反應並沒有他預期中那樣熱烈，有些不快，便說：「我當你們是朋友才告訴你們這好康的事情，你動動你的大腦想想，如果我們有守護靈，而其他人沒有，我們是不是就高人一等了……不，不但是高人一等，簡直……簡直無所不能了！」

文傑這麼說時，雙眼閃爍著興奮的光芒，這小子或許是受了他那從政老爸的影響，自小就愛出風頭、想當老大，然而他所擁有的才能和條件，卻難以讓他成為其他人的注目焦點，他時常大發議論，但在別人眼中只是個光說不練的嘴砲王；他喜歡耍帥，但別人卻難以感受得到他的「帥」，只能感受到更多的噁心跟反感。

也因此，當文傑從口齒不清的姨婆口中得知了這麼一個養鬼妙法之後，想也不想地就照著做了，而當他發現這個養鬼妙法千眞萬確時，便如同中了樂透頭獎一般高興，他甚至覺得自己已經將這個國家、這個世界，都掌握在自己的手中了——文傑會有這樣的思考邏輯，當然也和自小聽老爸剖析政局情勢、選戰策略的耳濡目染有關。

他用姨婆傳授的方法捕獲了第一個「守護靈」，那是他家後院裡一條死掉半年的老狗魂魄，老狗魂魄對他的幫助有限，他們甚至無法溝通，不像姨婆敘述裡那樣神奇，他希望獲得更強大的幫助，他需要能夠溝通的守護靈，自然是人的鬼魂。

於是他想起學校中曾經流傳在三年前某一日那位王同學墜樓身亡的事件，他要得到第二個守護靈，便挑了一個夜黑風高的晚上，獨自潛入學校，見到空曠寂寥的樓後小道，卻怎麼也鼓不起勇氣招靈，他知道自己需要幾個志同道合的朋友一同進行這樣子的計畫。

他花費數天認真遊說阿育等人，他漸漸忘記自己是因為害怕所以招募幫手，反倒將自己當成革命頭目一般地召集手下，他覺得自己和電影中那個十幾歲的帥小子特務一樣，是地球上少數幾個能夠改變世界的少年之一。他所做的是一件能夠改變世界的大事，就差沒組黨了——事實上他也偷偷地考慮過，只是將組黨這事兒排在他「掌握世界」計畫裡的中程階段。

對阿育這群國中生而言，此時當然無法理解文傑這番遠大志向，他們只當這麼一個白目同學意外地發現了好康，與他們分享而已。

「守護靈能增加我的桃花運嗎？」美君嘻嘻笑著問，她從國小六年級開始就時常更換男朋友。當其他同齡女孩下課圍在一起討論某個影視明星最近傳出什麼新緋聞時，美君就已經踩著媽媽的高跟鞋，與那些比她大上許多歲的高中生、大學生相伴出遊，國中二年級的她經過妝扮，看起來比實際年齡成熟不少。最近讓她感到困擾煩心的是隔壁班新轉來一個比她更漂亮、更會打扮的女生，每天放學都有一個開著名貴跑車的帥氣年輕人前來接送。

這讓美君感到自己瞬間矮人一截，往常的自信全飛不知道哪裡去了，她漸漸也開始和其他女生在下課時討論某個明星的緋聞八卦。

當美君得知名列她男友狩獵名單榜首的三年級學長，那個帥氣的籃球校隊隊長，結巴地將粉紅色信封遞給那漂亮轉學生時，心中的醋意、妒意一下子全糊成一團，像是一鍋燒焦了的壽喜燒。

此時她這麼問，心中當眞期待自己能夠獲得一個強大的守護靈來使她的魅力超越那個美麗的轉學生，以及更多更多的漂亮女孩。

「這個當然沒問題啊。」文傑訕笑幾聲，他斜對著美君，眼睛不禁向抱膝而坐的美君裙底偷瞄了幾眼。

「太好了，我加入！」美君拍手歡呼，她一點也不在意文傑的窺視，事實上她很清楚地知道班上男同學經過她身邊時，視線總會在她略微敞開的領口處停留，且當她發覺竟然有男生對她的領口或是短裙下的修長白腿視若無睹時，她在那個男生視線範圍內出現的次數就會增加，直到她確定自己的魅力有效爲止。

「守護靈很強嗎？」松仔這麼問，他有一個慣性酗酒的父親跟三個國小弟妹，每當他老爸飲酒醺醉時，他和弟弟妹妹們便會被泛冒著蒸騰酒氣的拳腳追著滿屋子打，他恨透了這樣的日子，他試圖用老師在課堂上教導的生活道理向飲酒中的父親說教，卻無法得到正面的效果，僅能夠將本來四兄妹平均分攤的拳頭獨自吸收承受。當然他也會試著將這些勸告在父親未喝酒的時候提出，但效果同樣不彰，除了換得幾句惱羞成怒的吼罵之外，只會激起父親更大的酒興，使父親在下次一人獨飲時喝下更多的酒，以及揮出更重的拳頭罷了。

松仔此時並沒有推眼鏡，而是捏了捏拳頭：「能夠阻止一個喝了酒就要揍人的瘋子嗎？」

「當然可以。」文傑回答。

「那就算我一份。」松仔嘖嘖兩聲，表示了自己對這守護靈遊戲的興趣。

小筑本來默默無聲，突然開口：「守護靈能救我媽媽嗎？」

「守護靈是無所不能的。」文傑說歸說，他哪裡會知道守護靈到底能做什麼、不能做什麼，但他自幼受過專業的政客教育，有半分把握說十分話，只算是政客的基本技能而已。

「就算不能，試試也好……」小筑這麼說，大夥兒都知道她母親不久前出了車禍，情形並不樂觀，小筑隨時都有可能失去她的媽媽。

「阿育，你呢？」文傑將視線放回遲到的阿育臉上，隱隱露出了挑戰的神情。

「啊？」阿育一時間也無法決定，他抓了抓頭說：「我暫時想不到需要守護靈幫我做什麼事……」

阿育的父母在市場中擺攤販賣水果，家境不特別好、也不特別差，他小子課業成績中間偏下，比文傑略遜些，體育則比文傑、松仔都要好上一大截。他從來沒想過自己的未來，也沒發現過自己有什麼專才興趣，他最近半年的嗜好是將每週的零用錢存下來，購買某個外國搖滾團體的音樂ＣＤ，一面聽一面想著小筑在學校中的一顰一笑，哪一天和她說了哪句話，聊過什麼事，假使當天講了個能逗小筑發笑的笑話，那麼他那一天就會特別開心，如此而已。

「啊——不管啦，有總比沒有好！」文傑不耐地揮了揮手，自作主張地替阿育做了決定，他向四人說：「明天我會替你們準備道具，記事本我會影印四份，一人一份。」

「記住喔，這是我們五個人之間的祕密。」文傑煞有其事地看著四人，他將地上的道具一樣樣收入書包中，又說：「從現在開始，我們將會成爲學校裡最優秀的五個人，什麼班長、副班長、模範生，還有五班那個臭屁王，都跟狗屎沒兩樣。」

□

翌日，在這個陰沉多雲的午後時分，校內寧靜無聲。阿育這班和其他班級一樣，所有的學生都趴在桌上午睡，負責維持午休秩序的人，是班長林欣欣，她像往常一樣趴著小歇，倘若聽見說話聲音，她就會抬起頭，皺眉朝那聲音來源瞪視而去，通常那些細碎的聲音會在林欣欣的目光射來不久後就會停止。

林欣欣隱約聽見了些許說話聲音，她坐直身子，微微蹙眉，正欲搜尋聲音的來源方向時，啪的一聲，她掛在桌側的書包不知怎地滑下了桌。

她彎下身子，撿起書包，將之重新掛上桌邊。

啪！才掛回桌邊的書包又掉了。

她怔了怔，再次將書包撿起掛好。

啪！又掉了。

某些同學讓這連續三次聲響驚醒，都朝著班長座位方向望來。這使得林欣欣有些窘迫，對那些看向她的同學說：「沒事啦，快睡覺。」

美君用外套蓋著頭，露出一雙眼睛，憋著滿肚子的笑，她看向不遠處的文傑，用眼色向他表示還想再看一次。

文傑瞇著眼，緩緩點點頭，他同樣趴在桌上，將外套摺成枕狀墊在雙臂下，他將大半邊臉都埋在臂彎中，使人看不見他的嘴巴正微微地張動，用著極低的氣音，對臂下外套內袋中的小紅布袋說話。

啪！林欣欣的書包又掉了。

林欣欣羞惱地撿起書包，仔細檢視背帶和桌面，以爲不知是哪個傢伙在上頭動了手腳，綁上細線什麼的。她當然什麼也檢查不出來，只能訕訕地將書包放在椅背，用自己後背壓著，心想這樣總不會掉了。

美君尚不過癮，還想看這個老是糾正她愛說話的林欣欣出更大的糗，便對文傑連連使著眼色，文傑卻朝教室外的方向呶了呶嘴。緩步經過教室的是那讓學生私下取著「魔音王子」綽號的音樂老師。

魔音王子年紀不過才三十上下，卻是這間國中裡出了名的老古板，是學生們最害怕的人物之一，他讓學生們聞風喪膽之處在於只要讓他得知哪個學生口中談論起時下流行歌手，或是任何相關表演活動、電視節目，魔音王子就會在音樂課的時候大發議論，將那些偶像歌手的祖宗三十六代都加以大肆批評一番。

然後他會將自行錄製的音樂ＣＤ分發給這些「涉入邪道」的學生，要他們懷抱著感恩的心聆聽老師高聲吟唱的古典詩歌，且要學會怎麼唱。他能夠記得每一個收過他ＣＤ的學生長相，在下課時分，他會在廊道間巡視，倘若讓他撞見那些收過他ＣＤ的學生，就會進行隨機抽考，學生如果唱完整首歌，就會得到幾句讚美的鼓勵，和第二張ＣＤ；但倘若學生無法正確唱完詩歌，魔音王子就會當場示範，要學生一句一句地跟，直到唱完整首歌爲止，且同樣也會得到第二張ＣＤ。

此時魔音王子腳步緩慢，其實是豎著耳朵，聽這些學生有沒有趁著午休時候偷偷播放流行音樂。

他有時也會進入教室中巡察，但這次當他一腳剛剛跨進時，他腰上的鱷紋皮帶忽然鬆了，西裝褲唰啦掉下，露出裡頭那件緊繃的艷紅色囊袋內褲。

「哇！」魔音王子怪叫一聲，連忙拉起他的褲子，手忙腳亂地穿，同時轉身要往外奔，卻摔了個人仰馬翻。

同學們全睜開眼，看著魔音王子自地上蹦彈起身，口中還憤怒罵著：「你們班地板怎麼那麼滑！」

大部分的同學們沒有在第一時間認出這人是魔音王子，因爲髮型不一樣，魔音王子的頭髮總是整齊地三七分邊，此時他的頂上，卻是油亮光滑，學生們壓根不知道魔音王子是禿頂一族，甚至沒有見到他摔倒瞬間，頂上的假髮順勢飛脫那一幕。

直到魔音王子氣呼呼地步出教室後，讓教室外的涼風吹拂過整片頭皮，又驚憤羞惱地急急奔回，尋著地上那頂三七分邊假髮戴回頭上時，班上同學才發出一陣錯愕壓抑的聲音：「媽呀，原來是魔音王子！」

魔音王子並沒有追究到底是哪個同學喊出讓他視爲絕對禁忌的綽號，反而彈跳起身，揮搖著手再度衝出教室，且連連喊叫：「我不是曹老師，你們認錯人了！」

本來應當靜靜睡覺的同學，直到魔音王子奔遠之後，這才爆出了雷響般的大笑，身爲班長的林欣欣也忍不住呵呵笑了，她正欲出聲壓制吵鬧的同學，下課鈴聲就已經響了起來。

□

只一個下午的時間，魔音王子愛穿囊袋內褲、且還是個大禿頭的耳語，已經自阿育的班級傳遍了整個校園，原本對魔音王子畏懼害怕的學生們，紛紛主動尋找起這位音樂老師的蹤影，從導師辦公室到男廁所、從紅土操場到警衛室，沒有一個學生見到魔音王子的身影，一直到某個膽大包天的學生，拿著兩張ＣＤ自告奮勇地向導師辦公室中其他老師打探消息，說要主動接受魔音王子的抽考，這才得知魔音王子以身體不適爲由，請了半天假返家休養。

「太好笑了！」在放學前的打掃時間中，阿育等人聚在清掃責任區中靜僻角落的樹下，模仿著魔音王子奔離前發出的狂嚎笑鬧著：「我不是阿育，你認錯人了，松仔！」「我不是松仔，你也認錯人了。」

文傑看看四周，確認無人，這才將事先備妥的四只鼓脹袋子一一發給四人。

美君翻弄著自己提袋中的道具，說：「香、小紅布袋、碟子、五穀米、說明書……怎麼沒有擺在底下讓碟子跑的那張紙啊？」

文傑像是早知道他們會提出這個問題，便直截了當地回答：「那張紙不重要啦，你們自己用白紙隨便寫也可以，只要在紙上面畫個圈圈放碟子就好了，碟子跟香才是重點。」

文傑示意要大家蹲下，他詳細地再次解說整個流程：「順序很簡單，先燒香，然後用手按著碟子，開始唸咒語，咒語一定要唸對，不然鎮不住請來的守護靈你就完了。接著隨便問幾個問題，確認碟子有動，就表示守護靈已經在碟子底下了。然後就像你們昨天看到那樣，把紅袋子放在碟子旁邊，把碟子掀開一點點，守護靈就會被吸進袋子裡了。」

文傑說到這裡，指了指眾人手中米袋說：「別忘了要將紅袋子放進米裡，擺一整夜，化解守護靈的戾氣。之後怎麼養，我影印給你們的說明書上都有寫，照著做就是了。」

「從現在開始，我們就是同黨同志了，不要忘記昨天我講的話喔。這件事是我們五個人之間的祕密，不管是老師、父母、兄弟姊妹、其他朋友，都絕對不可以說出去。」文傑用嚴厲的神情向每個人囑咐。

「同黨同志？文傑，你要組黨啊。」美君提議：「就叫『守護靈黨』怎麼樣。」「你想選總統喔？」「要不要交黨費？」「能夠打贏現在電視裡幾個垃圾黨嗎？」

「選總統這件事先不急，我年紀還不到。」文傑哼哼地說：「現階段的目標當然是先擴張勢力……」

小筑在一旁插不上話，只能苦笑說：「我只希望媽媽能夠好起來……」阿育聽見了這小聲的話，立時轉頭附和：「我也希望妳媽媽趕快康復，我沒有特別想做的事，不過你們都在玩，我也想玩。」

文傑瞪了阿育一眼，他看不慣阿育這樣閒散態度，他幾乎把自己當成黨主席了，手下僅有四個黨員，當然希望每一個都有十足的戰鬥力，能夠替他打下半壁江山。他又補充說：「以後我們當然會招募更多新人，但是第一步要先熟悉怎麼利用守護靈。不然到時候新人比我們還要厲害，那怎麼行？」

松仔問：「文傑，你已經能熟練指使守護靈了嗎？不然你這麼快就跟我們說，不怕我們守護靈練得比你厲害，搶走你的黨主席寶座喔？」

「你們當然不一樣啊，你們是我的朋友耶。」文傑咧開嘴笑，心中暗笑松仔這問題其實很蠢。招靈用的小碟子、化解戾氣的五穀米、禁錮守護靈的小紅布袋、豢養守護靈的線香，都需輔以其他儀式另外加工，阿育他們可不知道這些步驟，往後不論是豢養現有的守護靈，還是要捕捉新的守護靈，都必須由文傑提供新的碟子、線香、紅袋、米袋才行，因此他很有自信自己的寶座是牢不可破的。

「那我當副主席好了。」美君捧腹笑著。

松仔說：「我要當祕書長。」

02 養鬼

房中的日光燈爍爍閃耀，阿育耳朵塞著耳機，聽著隨身聽中播放的搖滾音樂，覺得心中充塞著一股揮之不去的不安情緒，昨天午後他雖然和松仔等一同接下了文傑分發的招靈道具，但一直到今日週六，都還提不起勁動手進行，他甚至連自行繪製擺放小碟子的問事方紙都覺得麻煩。

他坐起身來，閒來無事，拿了書桌上的手機，按下通訊錄，排第一位的是小筑的電話，他猶豫了好半晌，這才按下撥話鍵——得到的仍然是電話無法接聽的制式語音訊息，他知道小筑此時應當仍然在醫院專心陪伴她媽媽，因此他從早上開始連續撥出了四通電話，都無人接聽。

他其實沒有特別的目的，只是想聽聽小筑的聲音而已，他躺回床上，高舉著手機，反覆翻看著手機裡十來封新年、聖誕節等日子，幾個同學互相傳遞的祝福簡訊。跟著，他隨手按下松仔的電話。

「松仔，你抓到守護靈了嗎？」阿育問。

「沒……」松仔刻意壓低聲音回答，語調低啞且帶著怨怒：「我正要出門找守護靈。」

「要不要陪你？」阿育問，他從電話那端的語調聽出松仔又被喝醉的老爸修理了。

「不用。」松仔吸了吸鼻子說：「啊……瘋子快醒了，不跟你聊了。」跟著便掛了電話。

阿育翻翻身子，伸了個懶腰，正猶豫著這個週末要怎麼度過，電話突然響起，接了，是美君打來的。

「咦，妳怎麼會打給我啊？」阿育有些驚奇地問。

他和松仔、文傑、美君、小筑雖然算得上是班上一個五人小圈圈，但形成過程是這樣的——松仔和文傑本是國小同學，文傑喜歡小筑，時常找小筑搭話，善良的小筑並不排斥與文傑說話；美君與小筑是姊妹淘。至於阿育，他和松仔交情不錯，也喜歡小筑，便因這一個拉著一個的關係，他們五人平時總是湊在一塊兒。

而在私底下，阿育與文傑、美君則沒這麼親近，只有在逢年過節時，會將彼此放進祝福簡訊的名單中而已。因此當他這時接到了美君的電話，顯得有些訝異。

電話那端美君俏皮地說：「幹嘛那麼驚訝，我們的黨主席不是說從現在開始，我們就是同黨同志了，同黨同志當然要互相照顧。副主席打電話給你，是你的榮幸耶。」

「哈哈……」阿育莞爾笑著，他還沒想到自己要在這個黨裡擔任什麼樣的職位，他問：「妳找到守護靈了嗎？」

「還沒耶，我一個人哪敢找啊。」美君聒噪說著：「我打給小筑，她在醫院，應該沒有開機吧，文傑的電話也打不通，所以打給你啦，你找到守護靈了嗎？」

「我也沒有耶。」阿育懶洋洋地回答。

「出來啦，一起去找。」美君說：「我一個人不敢玩碟仙啦。」

「很麻煩耶……」阿育不耐唸著，但還是拗不過美君的拜託，與她約了個地點，將外套披穿上身，帶著文傑交給他的招靈道具，匆匆出門。

二十分鐘後，他抵達到某個捷運車站出口，等了十五分鐘，美君這才趕到，他們搭乘捷運站外的轉乘公車，搖搖晃晃地抵達一處公墓。他們踩著石階向上走，美君看著前方那一處處墳頭，有些害怕，卻又滿意地說：「這邊應該很容易招到守護靈……喂，你是不是喜歡小筑啊？」

「妳幹嘛突然問這個？」阿育像是被揭穿了什麼般驚視美君。

「我可是好心提醒你。」美君不甘示弱地回嘴：「你再不加油，小筑就要被文傑追走了。」

「什麼？」阿育怔了怔，尚不明白美君這麼說的意思，他的確看得出文傑對小筑也有意思，但那又如何呢？對這個年紀的他而言，「喜歡」只是對於特定異性的一種特殊感覺，有了這種感覺，接下來呢？求婚嗎？當然不可能；交往嗎？阿育壓根沒深思過這件事，他不像早熟的美君換男友跟換衣服一樣快，在他的腦袋裡，喜歡了一個女生，就是每天想著她而已。

「文傑昨天放學就要約小筑出去。」美君這麼說。

「他們去哪？」阿育覺得心臟給撞了一下，卻裝著毫不在意地問。

「沒約成啦，小筑還要去照顧她媽媽，但是文傑死纏爛打，又要約今天，我想小筑應該會答應吧。」

「妳怎麼知道她會答應？」

「文傑說要幫小筑抓一個能夠救她媽媽的厲害守護靈，你想她會拒絕嗎？」

「是喔……」阿育知道小筑向來乖巧孝順，倘若文傑能夠幫她找到一個可以使她媽媽傷勢好轉的守護靈，她有什麼理由不答應文傑的邀約呢？

美君拍了拍阿育的肩說：「不過你別擔心啦，你跟文傑，我比較支持你。」

「是喔，那謝謝妳啦。」阿育隨口應著，腦袋裡已經不能自抑地浮現一幕又一幕文傑與小筑獨處時的畫面了，他加快腳步，一階一階往上。

「等等啦，幹嘛一直往上走，這邊就行了啦。」美君抱怨著，追奔幾步，拉住了阿育，指向斜角一方那幾十處墳。

他們轉向走往那些墳，只見到幾十處墳新舊交雜，美君提著自己的招靈道具，在每一處墳前，打量著碑上照片及亡者姓名。她心中摻雜著害怕與期待，對阿育說：「你覺得挑哪一個來當我的守護靈會比較厲害？」

阿育聳肩笑說：「我怎麼會知道……挑一個年輕一點的，應該不會有代溝吧。」

「最好是帥一點的。」美君一連看了二十來座墳，猶豫不決，在阿育聲聲催促下，這才在一座貼有照片的男性新墳前將她自行繪製的碟仙方紙攤平，上頭只有「是」與「不是」，和「一」到「十」等字樣。跟著她照著影印說明上的步驟，和先前文傑所爲一般，點燃了香，按著小碟禱唸咒語。

「動吧，動吧。」美君唸完咒語，見指下碟子仍一動也不動，有些失望，她又連問數次，仍然沒有動靜，便對阿育說：「是不是我唸錯了咒語？」

阿育接過美君那張影印說明，上頭有文傑寫的三小段咒語，咒語由一堆艱澀冷僻的字所組成，字旁都有注音標示。

「我背不下來，你帶著我唸啦。」美君這麼懇求，阿育便唸一句，讓美君跟著複述一遍，在咒語唸到最後倒數第三句時，美君這才雙眼僵直地瞪著指下小碟，細聲地說：「阿育……阿育！」

阿育無須多問，他已經看見了美君指下小碟窸窣晃動起來，他想起文傑那晚叮囑，便繼續帶著美君將末三句咒語唸畢，美君指下的小碟，便也從亂顫搖晃，變成了平穩地畫圓。

「妳要穩住啦。」阿育鬆了口氣，拍拍美君的肩，他感到美君肩頭發出的顫抖，知道這個平時貪玩散漫的美君，此時眞眞切切地感受到了恐懼。

美君趕緊點點頭，用手臂拭去因爲驚恐而泌出的幾滴眼淚，微笑地說：「守護靈呀守護靈……看你名字跟照片，應該是男生對吧。你多大啊？」

美君沒有意識到自己同時問了兩個問題。

她那指下小碟先挪移到「是」上，跟著又緩緩移至「二」，然後轉往「三」。

「二、三歲……喔，是二十三歲！」美君吐了吐舌說：「是大哥哥耶，大哥哥，你覺得我漂不漂亮？」

小碟指向「是」，美君歪了歪頭，不知道接下來還要問些什麼，只好望向阿育。

阿育聳聳肩，表示無話可問，但他還是接過了美君手中的小紅布袋，用雙手捏緊，緩緩靠近小碟邊緣，他嚥了嚥口水，看著美君，他倆雖然見過文傑的手法，但在此時，卻無法拿捏掀碟子的時機。

「大哥哥，你……你願意做我的守護靈嗎？我會好好供奉你的。」美君感到指下的小碟畫圓的速度轉爲急促，只好隨口這麼問。

小碟子又繞了幾圈，終於停在「是」字上。美君覺得心安了些，看著阿育，說：「我要掀囉。」她心中緊張，還沒得到阿育的回應，竟便已揭開了小碟一角。

一股墨藍色流霧滾出小碟，有一半給吸入了阿育雙手捏著的紅布袋口裡，另一半則沾黏上他的右手，像是不願屈服於小紅布袋的吸力，阿育嚇得向後坐倒，只覺得右手痠麻冰寒，像是有什麼東西要滲進他的骨肉一般。

「大哥哥，你不是說願意做我的守護靈嗎？」美君哀求叫著，鼓著嘴巴朝阿育手上吹氣，當然是吹不走沾黏在阿育手上的墨色藍霧，她趕緊拿著那三炷線香，對著黏在阿育右手上的墨色藍霧不停搧打，這才將墨色藍霧全趕進了小紅布袋中。

阿育飛快將紅袋子的繫繩打了個結，他感到袋子裡的那「東西」不停激衝亂竄，連忙喊：「米袋呢？」美君趕緊取出米袋，阿育一把將小紅布袋塞進了米袋中，米袋裡裝著能夠化解鬼魂戾氣的五穀配方，兩人輕輕按著米袋，感到米袋中那一陣一陣的顫動漸漸止息，都鬆了一口氣。

阿育意識到自己的雙手和美君的手交疊互按，趕緊抽回了手，說：「沒事了……」

美君將米袋綁實，捧在懷中，柔聲地說：「大哥哥，你別生氣，我會好好養你的，你要保護我喔。」她坐在墳邊，向山下望，突然轉頭問阿育：「我有沒有變？」

「唔？」阿育不解地問：「變什麼？」

「變漂亮啊？」美君將臉蛋左晃晃、右晃晃，再指指自己懷中的米袋說：「我有守護靈了，應該有效吧。」

「哪有這麼快。」阿育啞然失笑。

「你剛剛偷摸我的手對不對？」美君突然這麼問，跟著又說：「你有跟女生接吻過嗎？」

「沒……」阿育愕然地反駁：「我哪有偷摸妳的手。」

「你要不要試試看接吻？」

「接吻？跟誰？」

美君指了指自己。

「妳神經啊！」阿育驚訝怪叫著，兩人對視了幾眼，然後哈哈大笑起來。

□

在日落前，阿育回到了家，進房躺上床，塞上耳機，聽他新買的搖滾音樂。他舉著手機，看著小筑的電話號碼微微出神，小筑的手機仍然關機中。

他覺得心中有一股說不上來的鬱悶感，便閉起眼睛，將手機拋到了一邊。

突然，他猛地坐直身子，將耳機取下，四顧張望起來。

嘶嘶——嘶嘶——

阿育跳下床，四處翻找那嘶嘶聲的由來，本來他戴著耳機聽搖滾音樂，自然聽不見這細微的聲響，但就在一首歌曲結束之後，跳入下一首歌前的空檔靜默，讓阿育發現這發自於他房中的奇異嘶嘶聲。

嘶嘶——嘶嘶——

阿育的目光停留在他攜出又帶回的塑膠提袋上，提袋中裝著他那份招靈道具。阿育的呼吸急促起來，他鼓起勇氣，向塑膠提袋走去，將之揭開，他見到提袋中那只招靈用的小碟，正微微扭晃著，和塑膠提袋摩擦發出了嘶嘶聲響。

「呃？」阿育驚訝萬分，一時之間竟不知如何是好，只能雙手一握，將袋子捏緊，他感到手中的袋子發出了更大的震動。

「不對！」阿育很快意識到這樣捏著塑膠袋可不是辦法，索性手一抖，將袋子中的東西全倒在地上，小碟子落在地上翻了幾翻，又翻成背面朝上，仍不停繞轉著，阿育連忙俯身按住那小碟，只覺得小碟子繞轉力道甚大，像是隨時都會飛脫離手似的，他急中生智，隨手扯下書桌邊牆面上一張日曆，放在那小碟繞轉的軌跡上，小碟便這麼轉上了日曆。

「這位老兄……或是大姊，你……你……」阿育慌亂問著，見那日曆上的日期是十號，有「1」和「0」兩個阿拉伯數字，便說：「老兄，拜託……『1』就是『對』，『0』就是『不對』，你……你是男生嗎？」阿育這樣問，那小碟子卻不理他，只是自顧自地亂繞，阿育又問了其他問題，依然無法與碟子中那傢伙溝通，他用腳搆來那只小紅布袋，拿在手上，死命去壓小碟子，那小碟亂竄的力道更大了。

阿育伏在地上，像是擦地板一樣，壓著小紅布袋與小碟子四面亂衝，那張日曆早給劃破碎裂。

趴嚓一聲，小碟裂成兩半。

「噫！」阿育感到雙手讓那裂開的小碟扎得極疼，卻不敢輕易鬆手。此時的情形可與文傑示範時完全不同，他完全無法應變，他感到自己雙手壓著的那小紅布袋緩緩膨脹，咦了一聲，這才知道小紅布袋的袋口本便對著小碟，小碟一裂，裡頭的「東西」便正好給吸入了紅布袋中。

他不再多想，趕緊反轉袋子，捏著袋上的繫繩打了個結，跟著向後坐倒，背靠著牆，總算鬆了口氣，像是剛打完一場球賽一般。他發現自己的手掌虎口處有幾道讓碎裂小碟割傷的淺痕，便甩了甩手，隨即自地上撿回那米袋，打開袋口，正要將小紅布袋放入五穀米袋中。

「別這樣，小弟。」

阿育手中那小紅布袋，竟發出成年男子的說話聲音。

阿育哇地尖叫一聲，將紅布袋與米袋都拋了老高，米袋飛到床上，袋中的五穀雜糧和其他配方在空中紛揚飛撒開來，嘶嘶沙沙地落在地板上，紅布袋則是緩緩地在空中畫圓，最後飄回阿育腳前。

「你……你你……剛剛是不是你在說話？」阿育驚懼望著腳前的那只小紅布袋，結巴地問。

「這裡除了我們，還有其他人嗎？」小紅布袋回答。

「你你……你又不是人！」

「我曾經是。」

「爲什麼你會講話啊？」

「爲什麼我不能講話啊？小弟，你沒看過鬼，也看過電影吧。電影裡的鬼也會講話啊。」

阿育搖搖頭，說：「……但是文傑的守護靈、美君的守護靈都不會說話。」

「狗屁守護靈，邪門歪道！」小紅布袋發出的語音高拔起來：「誰教你們玩這個的？」

「是……是我的同學。」阿育戰戰兢兢地回答，在小紅布袋的逼問之下，他大略將前兩天文傑夜間招靈，以及包括他在內的另外四人，決定加入文傑這守護靈遊戲的經過說了一遍。

「不學好的死小孩……」那小紅布袋說：「天底下哪有這麼好的事情，我們這些孤魂野鬼無緣無故爲什麼要當你們幾個小孩子的守護靈，聽你們命令？這是養鬼術，是害人用的！就算是道行高深的法師，一個不小心也會被自己養的鬼害死，你們幾個小鬼，不知道天高地厚……」

「這……這……」阿育聽小紅布袋的說話聲愈趨嚴厲，心中惶恐，連連搖手說：「我知道錯了……我……我把你放了，你走吧，我不要守護靈了。」

「放我？你知道怎麼放我嗎？」那小紅布袋發出了冷笑。

「嗯？」阿育拾起袋子，解開繫繩，將袋子口拉開，只見到裡頭空蕩蕩的什麼也沒有。他搖了搖袋子，又倒了倒袋子，問：「你走了嗎？」袋子沒有回應，阿育重複問了一遍。

「當然沒有！」那袋子怒斥。

阿育嚇得又將小紅布袋拋飛，那袋子卻滑順地飄回了阿育手中，說：「帶我去找教你這邪術的同學。」

「我……我聯絡不上他，大概要等星期一上課才能見到他吧。」阿育嘆了口氣，想起什麼，又說：「而且我明明沒有招你，是你自己找來我家的吧……」

「放屁！我主動來你家幹嘛，你家很大很漂亮嗎？要請我住嗎？」小紅布袋斥罵幾句，又和阿育對證了在墳頭幫美君唸咒的經過，討論一番，阿育這才推測想來應當是當時他與美君一起唸咒，他所攜帶的招靈道具也因此起了反應，將當時同樣在附近的遊靈，也招進了自己的碟子當中。

「這個袋子被人下過咒，我得花點工夫才出得來，如果你把我跟剛剛那些豆子放在一起，我可能就出不來了。」小紅布袋這麼說。

「文傑說，五穀是要化解守護靈的戾氣。」

「你聽他放屁！那些豆子下過咒，是用來控制孤魂野鬼的！我想起來了，還有『菸』對不對，你可別請我抽菸，我不上當。」紅袋子氣呼呼地說。

「菸？什麼菸？」阿育不解地問，又隨即醒悟，說：「是『香』啦，文傑說在香上面纏自己的頭髮，或是沾一些自己的血，用來『餵』守護靈。」

「我們以前都叫『菸』，那也下過咒，鬼吸了菸，就像人吸了毒，為了繼續吸，只好繼續幫法師做事。」小紅布袋這麼回答。

「原來你以前也當過守護靈，難怪這麼清楚……」阿育這才恍然大悟。

「你再叫我『守護靈』，我出來之後會要你好看。」小紅布袋沉聲說。

「那……那我該叫你什麼？」

「我姓石，你叫我石大哥好了。」小紅布袋裡的石大哥這麼說，跟著，他向阿育大概介紹了自己。

石大哥生前是個工人，在工地意外身亡，死時還不到三十歲，那是三十年前的事了。他當了十年的孤魂野鬼，然後，他被一個巫毒法師以類似的邪術禁錮了六年，這六年間，石大哥成了師公行惡時的得力幫手，幫助師公幹過不少壞事，直到師公死去，石大哥才恢復自由，重新當起孤魂野鬼。

「那個法師這麼厲害，又有守……又養了鬼，怎麼會出意外？」阿育忍不住插嘴問。

「哼哼，就是我弄死他的。」石大哥冷笑兩聲。阿育打了個寒顫。

原來當年那師公有一堆黑道上的仇人，他的仇人同樣也能聘僱懂得邪術的人來治他，師公法術儘管高深，但三天兩頭就要和敵人交手，幾年下來，總會有失手的一天，說起來可笑，事實上師公不算失手，他只是前一晚鬥垮了一個死對頭，高興得痛飲一晚大肆慶祝，在酒酣耳熱之際，師公搞錯了「菸」。

「搞錯了菸？這是什麼意思？」阿育再度打岔。

「那個老鬼把我的『菸』跟另一個老兄的『菸』搞混了。」石大哥解釋，當時師公豢養著超過十隻供其驅使爲惡的鬼，師公極爲自負，針對每隻不同習性的鬼，施以不同的禁錮法術，以求能得到最大的控制效果。

師公醉酒那晚，搞混了石大哥與另一隻鬼的「菸」，於是那晚兩隻鬼所承受的禁錮法術效力只有平時的三分之一，那一晚，是石大哥與所有被師公豢養的鬼企盼已久的時機——解脫的時機、復仇的時機。

石大哥與另一隻鬼被師公修煉多年，道行已高，逮到了這個千載難逢的機會，便自平時禁錮他們的青瓷瓶子中掙脫而出。師公一向修煉巫術惡法，因此法壇上並沒有供奉神像，兩隻鬼如同出柙虎、脫韁馬，掃平了整張作法壇，放出其他惡鬼，跟著齊聚到了客廳。

本來以師公的道行，即便是毫無預警地遭受十餘隻凶烈惡鬼的圍攻，也未必會喪命，但這晚不同，他擊敗了糾纏多年的對手，太過高興，以致於喝下了遠超出本身酒量的酒，此時早已醉得不醒人事。

當他讓突如其來的劇痛驚醒時，他的身子是不受控制的，他讓四隻經他修煉許久的惡鬼附體，感受到的劇痛，是他用右手的菜刀，砍去左手二指所致。

他的嘴巴不自主地張開，在面前現身的是一個凶厲女鬼，女鬼生前被師公使用邪術姦淫虐死，死後仍然脫離不了師公控制，其積怨之深，可想而知。

女鬼緩緩伸出手，自師公口中拉出了舌頭。

師公動彈不得，只能眼睜睜地看著自己的舌頭，讓數隻惡鬼用難以想像的殘暴手段，使之與口腔脫離；舌頭之後，惡鬼的目標便轉移到他整個口腔，和他另一手的手指。

眾鬼要摘去惡虎的爪和牙。

沒有舌頭，不能唸咒；沒有手指，無法結印，師公成了待宰豬羊，十幾隻凶厲惡鬼充分發揮多年下來師公教給他們的一切，他們將師公傳授的那些暴虐折磨手段，統統還給了師公。

師公經歷了他人生中最漫長、最慘烈的一個晚上，在晨光隱現的半小時前，才終於斷氣。

「原來……如此。」阿育聽得雙眼僵直，更不敢問當夜惡鬼們所使用的種種手段，好半晌才喃喃地說：「石大哥，我……我可沒有要你幫我做壞事，我也沒有關著你，我……」

「你怕我害你啊？」小紅布袋裡，發出了石大哥的嘿嘿笑聲。

阿育不敢再答，怯怯地不出聲。石大哥的聲音再度響起：「小弟，冤有頭債有主，這幾天你早晚替我上三炷香，供點雞肉水果什麼的，過個兩、三天，等我出去，再找那個搞這法術的傢伙算帳，你說你同學名字叫『文傑』是吧。」

阿育愣了愣，趕緊說：「這……石大哥，我們只是貪玩而已，你就原諒我們吧……」

「小弟，人生在世，有些東西就是不能碰，碰了，就要付出代價，你求饒也沒用。」石大哥的聲音嚴厲冷峻，半晌之後，又和緩了下來：「你不用怕我，我在土地神面前發過誓，不再害人啦，但是你同學身上那些鬼就難講了，哼哼……」

03 失控

「阿育，你有沒有弄到守護靈？」剛進教室的文傑一見到阿育，便興沖沖地趕來關切，他見阿育點了點頭，又問：「是男是女啊？好不好用？」

「是男的，我還沒叫他替我做事，好不好用不太清楚。」阿育感到胸前口袋中的小紅布袋微微一震，他知道石大哥可不喜歡「守護靈」這個頭銜。

他們五人中，第三個進教室的是美君，美君看來比以往更加艷魅許多，文傑和阿育都知道這是美君的守護靈庇佑所致。

「都是小角色，不用怕。」石大哥的聲音只有阿育聽得見，阿育從石大哥口中得知文傑和美君身上所攜的「守護靈」，都只是尋常野鬼，道行和受過法師施術修煉過的石大哥相差甚遠。

美君見到阿育也在，便向他眨了眨眼，阿育覺得臉上一熱，趕緊撇開了頭。

「小弟，你喜歡那個女生啊？」石大哥突然發聲，阿育急急低頭呢喃：「不是啦，我喜歡的還沒來。」

美君湊到了阿育身旁，嘻嘻笑著說：「阿育，如果你要追我的話，不用找守護靈幫忙啦，直接跟我說就好了。不過要領號碼牌喔。」

「你們在說什麼守護靈啊。」一個坐得近的同學聽見了美君的話，隨口問。

「沒啦，別聽他們亂講啦。」文傑大聲說著。

美君見到文傑說完，還怒瞪了她一眼，吐了吐舌頭，也說：「我們在講電影啦。」

跟著進入教室的是松仔，松仔臉色蒼白，不發一語，一入座便趴在桌上，靜靜地不吭聲。

文傑低聲問著：「松仔，你的守護靈怎樣？」

「不知道啦……」松仔淡淡回應。

「這個比較兇一點，不過還是不怎麼樣。」石大哥對阿育說。阿育趁著文傑、美君圍著松仔時，低聲問石大哥：「石大哥，我該怎麼做？」

「先看看情況再說吧。」

五人中，小筑最後一個進入教室，她的神情和以往沒有太大差異，微笑著和大家道早安。

「石大哥……」阿育見這次石大哥始終沒有出聲，忍不住主動問：「小筑身上那傢伙怎樣？」

「小筑？哪一個是小筑？」石大哥問，直到與阿育數次問答，得知了小筑是哪位，這才說：「她？她身上沒有鬼。」

「什麼？」阿育有些驚喜，趕忙起身走向小筑，擠進文傑和美君圍著的圈圈裡，低聲問：

「小筑，妳沒招守護靈喔？」

文傑突然用手肘頂了阿育胸肋一下，惱怒地說：「別講這麼大聲。」

阿育對文傑的舉動感到有些不悅，回罵：「問一下不行喔。」

美君打圓場，壓低聲音說：「小筑把她的『那個』，留在醫院啦。」

小筑點點頭：「我想對媽媽比較有幫助。」

文傑說：「不要緊，這兩天我再幫妳弄一個，妳一個，妳媽媽一個。」

阿育皺起眉頭，他知道這「守護靈」的遊戲可不好玩，一個就夠麻煩了，要是再招一個，只怕會有危險，他插嘴說：「不好啦，一個就夠了啦。」

「你到底是怎樣啦？」文傑見阿育和他唱反調，便惱怒地瞪著阿育。

「他吃醋啦。」美君掩著嘴笑。小筑推了推美君，羞惱地說：「妳亂講什麼？」

「你們在講什麼『這個』『那個』啊？」又有同學湊過來問。

「關你屁事喔！」阿育、文傑、美君三人同時向那同學大喝一聲，嚇得那同學掉頭就走。

第一節課鐘響之後，大家開始看到國文老師不停地更換粉筆，這是因爲粉筆總是會在他寫下第三筆或是第四筆時喀嚓一聲折斷，斷落的粉筆有時會彈射在國文老師的臉上或是身上。

國文老師平時是個好好先生，此時也只能轉過頭乾笑幾聲說：「你們班的粉筆太潮濕囉。」

阿育轉頭看了看松仔，松仔低著頭，一臉漠然，阿育又轉頭看看文傑，文傑搖搖頭，伸手指了指美君，阿育看向美君，果然見到美君憋著笑，正是她唆使守護靈折斷國文老師的粉筆。

美君見到阿育面有怒色地望著她，這才停止對國文老師的惡作劇。將目標轉移到了班長林欣欣身上，她貪玩愛鬧，時常被林欣欣糾正或是告發，早已視其爲眼中釘，她低著頭，對藏在胸懷中的小紅布袋細聲低語了幾句話，林欣欣的書包再度不停地滑落。

第三節數學課，換文傑發威，數學老師喜歡對學生提問，文傑的守護靈是數年前墜樓的同校三年級學生，成績優越，此時這二年級的課業一點也難不倒他，不停在文傑耳邊提示正確答案。

「哇，他今天怎麼了？」同學們驚訝這個平時驕縱白目，成績卻普普通通的文傑怎麼今天像是變了個人一樣，老是主動搶著答題，雖然口氣仍然是那樣地討人厭，但不論如何，他能接連答出數學老師刻意測試、連班上前三名都回答不出的數道難題時，還是讓全班都刮目相看。

「大家給文傑拍拍手，這是大學程度的題目喔。」數學老師向文傑豎了豎大拇指，表示讚許。心中想著的，卻是上一次有學生能夠在課堂上臨時解出這道艱深題目，已經是三年前的事了，當時那個學生是個早熟穩重的資優生，卻因爲家庭因素，輕生墜樓。數學老師想到這裡，輕輕嘆了口氣。

美君倒是記恨數學老師時常點名考她，害她在全班同學注視之下支支吾吾答不出題，也讓數學老師折斷了好幾次粉筆，反倒使得同學相信，這盒粉筆真的潮濕了。

之後幾堂課也是如此，文傑持續威風，不停舉手搶答老師的提問，就連老師沒有發問，都要舉手申論，替老師補充不足之處，他的舉動得到了某些老師的稱讚，卻也有些老師會因此生氣，責罵：「到底我是老師還是你是老師。」「你上來教算了。」通常此時，文傑就是一臉憤然地坐下，跟著這些指責文傑的老師就會開始覺得腳底莫名其妙地發起癢來，卻又無法在課堂上公然搔抓，只能默默強忍。

美君趁著黨主席文傑發難之時，也開始大膽放縱自己的守護靈，去惡整班上幾個平時看不順眼的傢伙，於是美君的守護靈扯壞了和她差不多騷包的許佩雯頭上那對新買的髮飾其中一只，讓她的雙馬尾剩下一邊，當許佩雯自認倒楣地用剩下那只髮飾綁出單馬尾時，那髮飾又啪嚓一聲斷了；又將那個時常取笑美君的張世凱的球鞋鞋帶綁在一起，害他下課起身時摔得人仰馬翻、暈頭轉向；再將班長林欣欣的運動褲自褲襠到後臀處暗暗扯出一條大裂口，直到剛好輪值值日生的林欣欣下課後奔至講台前踮起腳擦黑板時，讓全班都瞧見了她運動褲裂口內的茶色內褲。

阿育對文傑與美君逐漸誇張的行徑感到頭痛，只能慶幸平時同樣調皮的松仔，這次竟沒有跟著湊上一腳，但當他見到松仔那張灰白死寂的神情時，又感到有些擔心。

「你這小子怎麼淨交些混蛋朋友？」石大哥嘖嘖斥責，阿育也莫可奈何。

下午體育課，文傑身邊已經圍上幾個開始佩服他的同學了，他們詢問文傑是否有私下聘請了名師惡補。

「那些題目本來就不難，我只是以前考試都隨便寫而已，實在是學校裡有些人太囂張了，我只好露兩手真本事給他們瞧瞧，讓大家明白什麼叫作人外有人、天外有天；強中自有強中手、一山還有一山高。」文傑這麼回應，他這人囂張有餘，本來就不夠持重，讓人吹捧兩句，早已經飛上了天，他撥了撥前額頭髮，神氣地對同學說：「你們張大眼睛看啊，這學期全校第一名，我預定了。」

幾個本來對文傑稍有改觀的同學，那微微的好感一下子又讓這番言行震飛了，都認定了「白目是一種癮，是難以戒除的」這個道理。

這天體育課老師請假，學生們或者散步閒聊，或者在籃球場上鬥牛，阿育打了幾輪籃球，汗流浹背，拉動領口搧風，他見到松仔一人枯坐在籃球場的角落看天，便走到松仔身旁坐下，問：「你今天怪怪的。」

松仔轉頭看了看阿育，臉上堆著滿滿的惶恐，像是有話想說，卻仍硬生生地將滾到喉頭的話又嚥回了肚子裡，低下頭說：「沒啦……」

阿育想再多問，松仔卻背過身去，像是沒聽見般，阿育莫可奈何，起身離開，獨自走遠，低頭向胸口低語：「會不會是他的守護靈出了問題。」

「是。」小紅布袋裡的石大哥沉沉地說：「你聽不見他們的對話，但我聽得見。」

「嗯？你說松仔跟他守護靈的對話？」阿育驚訝地問。

「是啊，可憐的小子，一定是作法時沒搞好，再不然就是法器有問題，他沒辦法控制袋子裡那傢伙，反而被那傢伙制住囉。」石大哥這麼說，還冷笑補充：「你都不知道你同學口袋裡那傢伙講多麼兇狠的話威脅他。」

阿育轉過頭，望著松仔瘦小背影，憂心不已。石大哥又說：「你別擔心，那傢伙很會耍狠欺負小朋友，但不是我的對手，你找個機會把你同學叫到沒人的地方，我來解決他口袋裡那傢伙。」

「好！」阿育聽石大哥有意相助，像是吃下一顆定心丸，他一面漫步一面思索著該用什麼理由，將松仔單獨約至無人靜僻處。他想著想著，突然見到籃球場旁幾張石椅處聚著一大票人，主角又是文傑。

文傑正得意洋洋地蹲在石椅旁，文傑的對面是班上的大塊頭，大塊頭有個極不相稱的外號「寶兒」，寶兒家裡經營健身房，從小耳濡目染，跟著父親一起訓練，是這所國中裡最強壯的學生之一。

此時只見文傑和寶兒隔著石椅，肘下墊著外套比試腕力。圍觀的同學個個瞠目結舌，他們見到寶兒滿臉通紅、額上冒汗、青筋畢露、齜牙咧嘴，卻怎麼也扳不倒從容悠哉的文傑。

「讓你用兩隻手好了。」文傑笑了起來，這麼說。

「哇——」「眞囂張耶！」「原來文傑力氣這麼大！」圍觀的同學們騷動著，有些交頭接耳地討論今日文傑怎地一下子變得無所不能，有的已經起鬨，眞要寶兒乾脆兩手敵文傑一手。

寶兒起初不同意，只覺得文傑在羞辱他，他使出吃奶的勁兒猛力扳拗，但手腕仍然漸漸地讓文傑壓下，文傑還是一臉悠哉，不停挑著眉、咧嘴笑，向圍觀的同學炫耀他的力氣：「今天讓大家見到我眞實的一面，眞是不好意思。」

阿育遠遠望著，感到懷中的小紅布袋微微一震，隱約見到自己臉旁竄出兩條蒼白男人手，伸出食指在他眼皮上揉了一圈。

然後，他清楚地看見文傑胸前垂掛著一個灰白腦袋，翻著死魚白眼，還自文傑胸口伸出一臂，與文傑手臂平行緊貼，擺出與文傑同樣的姿勢。

阿育這才清楚寶兒的對手並非是文傑，而是三年前自殺的王同學亡魂。如此一來，別說是強壯的寶兒，就算加上寶兒健身家族中的老爸、叔叔、伯伯，也無法將這亡魂的手臂扳動一分一毫。

文傑打了個哈欠，再將寶兒的手腕壓低一吋，說：「快用兩手啦，不然很無聊耶。」

寶兒覺得手腕痠疼無力，卻又不肯就此認輸，用兩手贏也好過敗給這個老是搬出從政老爸來壓人的討厭鬼。他吆喝一聲，終於伸出另一手，拉住文傑手腕死命扳扯，心想瞬間獲勝或許能夠小小扳回一城。

但這算盤立時破滅。

寶兒兩隻粗壯胳臂拉在文傑細瘦胳臂上，像是拉扯一條自石椅裡突出的鋼骨般，絲毫無法扯動半分。

文傑不動如山，任憑寶兒猛扯他手，悠哉嘻嘻笑，與身旁圍觀同學說話，不時對漲紅了臉、汗如雨下的寶兒調侃幾句：「咦，你已經用兩手囉，不說我都沒發覺。」或是「喂，大家快幫寶兒加油。」

文傑又自吹自擂了一番，這才將寶兒手腕扳倒，從容站起，說：「中看不中用，下一個！」

兩、三個心中狐疑的男同學輪番上陣，都讓文傑扳得哇哇大叫，這才相信文傑今天不但腦筋一下子靈光起來，連力氣都突然變大了好幾倍不只。

「換人換人啦！」美君不知何時也湊來觀戰，她見到阿育也在人群中，便嚷嚷叫著，硬是推開了一個想要下場與文傑比拚腕力的同學，將阿育拉出，推往石椅，起鬨說著：「阿育力氣也不小，來幫大家教訓一下這個臭屁鬼。」

「咦？不要啦！」阿育雖不特別喜歡與人競爭，但倘若是在平時，也不會拒絕這樣的推舉，不過此時情形複雜許多，他正在猶豫之間，已讓美君推到文傑對面，清楚地瞧見掛在文傑胸口那位王同學的腦袋，王同學此時腦門向下、下巴朝天、七孔流血、面無表情地呆望著阿育胸口，跟著視線緩緩轉移，與阿育打了個照面。

「我也很想跟『你』比比。」文傑興奮地捲起袖子，向阿育神祕地笑笑，阿育知道他口中的「你」，指的當然不是自己，而是指自己胸前小紅布袋裡的石大哥，他突然一愣，知道倘若他看得見王同學，那麼文傑在王同學的幫助之下，應當也能看見石大哥。他低下了頭，自己卻見不到石大哥的樣子。

「我來當裁判。」美君將文傑與阿育兩人手腕挪移抵上，數著：「三、二、一，開始！」

「喝！」阿育感到手腕處傳來微微寒意，他看見自己手腕處除了抵著文傑的手腕之外，還有另一隻手——王同學的手腕。

在這個距離之下，他見到王同學青蒼的手臂上帶著幾道割裂傷痕，應當是當初墜樓時造成的，跟著他見到王同學那件蒼白的制服，然後見到了王同學上下顚倒的腦袋。

他觸電般地顫抖一下，剛才遠遠看來，他以爲王同學以仰躺的姿勢探出文傑的胸口，但此時才發現並不是這麼一回事，王同學的手臂擺舉的角度和文傑一致，他也能隱約見到王同學穿著制服的身軀與文傑身軀的重疊影像，王同學是正坐著的。他那上下顚倒的腦袋，是墜樓時將頸骨整個摔扭折斷，因此腦袋轉了一百八十度，頭頂是朝下的。

阿育看著王同學的眼眶中滿溢出血，流淌至額頭，雙眼直勾勾地望著他，不由得全身都打起冷顫，一旁的同學還以爲阿育也正卯足了勁，都無法扳動文傑一吋。就連文傑自己都這麼認爲，他嘿嘿一笑，開始出力，將阿育的手腕漸漸壓低。

此時阿育完全沒有與文傑比力氣的念頭，他低下了頭，不敢再注視王同學，只想早早結束這場腕力遊戲，但他的手腕被壓至離石椅兩吋時卻登然止住，不論文傑如何出力，再也無法將阿育手腕壓下了。

文傑露出了驚異的神情，不時低頭看看胸口，口中碎唸呢喃著，阿育見到自己手臂旁，隱隱也浮現出一條胳臂，那胳臂明顯比王同學的蒼白胳臂要粗上了一大圈，手掌也是粗壯碩大——這可是石大哥的手。

石大哥伸出的大掌緊緊抓握住王同學整個拳頭，一扭，便將王同學的手扳倒。阿育覺得手腕上那股冰冷怪力登然消退，本來只差兩吋便敗的阿育，猛力一扳，瞬間扭轉情勢，將文傑手腕反壓到另一邊觸底。贏了。

「哇！」「阿育比文傑更強啊！」同學們起鬨著，更加懷疑文傑先前必定是買通寶兒和幾名挑戰同學，要大夥兒詐敗讓他耍威風，大家都知道文傑平日言行頗得從政的老爸眞傳，會幹這種事也不算太稀奇。

「呃！阿育，你……」文傑又驚又惱地看著阿育，十分驚訝阿育竟能贏過他，這代表阿育身上那看來不起眼的小紅布袋，裡頭裝著的是比他的「王同學」更加優秀的守護靈，這使他一時之間極度不是滋味，他臭著臉站起，瞪了阿育幾眼，轉身奔離。

「死小鬼輸不起喔。」石大哥在阿育擺脫同學的起鬨纏問之後，突然開口。他又說：「你那同學根本不懂馴鬼，胡搞亂搞，一定會玩出事。」

阿育聽不明白，細聲追問，這才知道文傑雖然招得了王同學的亡靈，但對馴鬼之術可是一竅不通。

「他們沒辦法像我們這樣子聊天，文傑看不到我，他身上那隻鬼，其實也沒把他當主人。」石大哥這麼說。

阿育這才知道，文傑與守護靈之間的互動並不如他和石大哥這般清楚順暢，而是近似與稚齡小孩甚至類似與貓狗寵物那般的溝通，這也是尋常養鬼新手最常見的情形。石大哥經過法師數年修煉，道行、靈性等都遠較尋常亡靈高，這才能和阿育清楚地交談溝通。

「很多人死了變鬼，性情跟腦袋都跟人不同，有些鬼像人、有些鬼像野獸、有些鬼像瘋子，養鬼人如果沒辦法控制鬼的情緒和習性，做錯一些動作，被自己養的鬼害死也很常見，我看你同學大概也差不多了。」石大哥做出這樣的結論。

「希望小筑他們不要如此。」阿育想起小筑也養了鬼，不禁擔心。他暗自決定放學後，一定要佯裝前往探視小筑母親，找個時機拜託石大哥觀察一下小筑豢養的那隻鬼有沒有危險性。

然而在放學途中好不容易想好說詞的阿育，跟著小筑走進捷運車站時，身旁那始終默默不語的松仔突然拉住了他，說：「來我家玩。」

「嗯？」阿育愣了愣，他們已經來到了候車月台，小筑搭乘的路線正好與松仔返家路線相反，他見到小筑那方向的列車車門已敞開許久，而小筑正大步往車裡走。他對松仔搖了搖頭，說：「不……我今天有事……」

「拜託你……」松仔又細聲說了一句，他拉住了阿育的書包提帶。

「改天啦，我今天有事。」阿育甩開了松仔的手，大步往那緩緩關閉的車門奔去。

「小弟，你朋友有難耶。」石大哥突然出聲。

大步走向小筑所佇車廂的阿育陡然停下，他回頭，見到松仔臉色慘白，身子搖搖欲墜，雙眼中積滿了驚恐和無助的淚水。阿育感到有些愧疚，趕緊回去拍了拍他的肩，尷尬笑說：「開玩笑的啦，去你家囉。」

「算了……算了……你有事可以先走，我……」松仔這麼說，轉身低頭拭淚，隨即往月台末端走去。

「他身上那傢伙正在威脅他。」石大哥這麼說。阿育聽了也是一愣，急急地問：「我要怎麼幫他？」

「先跟上去，那傢伙的道行沒我高，不過凶氣挺重，蠢小孩不懂養鬼，胡搞一通，怎麼死的都不知道。」石大哥這麼叮囑。

「你幹嘛來啊，你不是有事嗎？」松仔回頭見到阿育仍跟在他身後，急急出聲罵著，他見阿育仍不止步，便大喊：「我突然也有事，不能讓你來我家玩啦，你快回家吧。」

阿育無可奈何，佯裝轉身離去，再趁著列車進站開門後，轉身奔入車廂中，他與松仔相隔了兩節車廂，他去過松仔家許多次，就算沒有人帶路，照樣也能找著松仔家，因此他止進行著一次不算跟蹤的跟蹤，在捷運列車抵達松仔下車的車站時，阿育也跟著下車，人潮擁擠，他看不見矮個子的松仔，但也知道松仔會從哪個出口離去。

「小子，眼睛睜大點，那傢伙知道你跟著他。」石大哥出聲提醒。

「什麼？」阿育嚥了口口水，心中有些害怕，想起石大哥能夠感應出「那傢伙」，「那傢伙」自然也能夠感應出他身上的石大哥。

「所以我們現在是要去……『解決』那傢伙嗎？要不要準備個武器什麼的？」阿育這麼問。

「能準備什麼武器？符嗎？你又不會畫。」石大哥冷笑調侃。

阿育步出捷運站，轉往鄰近一處市場，他知道松仔回家路線，松仔會先穿過這老市場、經過一個販賣許多零食的雜貨店，最後經過幾個曲折小巷才到他家。

「錯了。他不往這邊。」石大哥將走向市場的阿育喝住。

「什麼？」阿育一愣，停下腳步，低頭向石大哥詢問幾聲，跟著望向大街另一頭，那是石大哥指引的方向。

「你懷疑嗎？」

「不……」阿育知道石大哥能夠感應得出松仔身上的「那傢伙」，因此石大哥這麼說，必然不會有錯，他加快腳步，朝石大哥指示方向追去，心中狐疑松仔為何沒回家。

「繼續、繼續，你離他們越來越近了。」

此時四周天色黯淡許多，四周樓宇燈光一盞盞亮起，阿育在石大哥指點下轉入一條巷子，只見松仔進了一家藥局，出來時，手中提著一袋東西。

然後轉頭瞥了遠遠跟著他的阿育一眼。

「啊！他發現我了！」阿育驚叫，左顧右盼像是想找地方躲。

「白痴！」石大哥怒斥。「那傢伙早就發現了。」

松仔默默望著阿育半晌，轉身走往巷弄遠方一處靜僻小公園。

阿育跟在後頭，只見松仔瘦小的背影一步步往小公園那簡陋的滑梯和鞦韆等設施走去。

兩只鞦韆都讓兩個年紀只有六、七歲大的孩子佔著，松仔硬將一個小孩從鞦韆拉下。

「幹什麼啊——」被拉下的孩子尖聲抗議，另個孩子也幫腔罵人。「你怎麼這樣？」

松仔從地上撿了枚尖銳石頭，朝兩個孩子露出猙獰神情。

兩個小孩再也不敢爭執，嚇得拔腿就逃。

「松仔！」阿育見松仔拿石頭恐嚇小孩，連忙加快腳步奔去，松仔冷冷望著阿育氣喘吁吁奔來，咧嘴朝他一笑。

「老兄，你跟著我幹啥？」

「老兄，你附在孩子身上想幹啥？」

「你不也附著孩子？」

「是呀。」

阿育和松仔站在鞦韆前，四目對望，兩人身子裡的傢伙自己對答起來。

「現在這些孩子流行玩這遊戲呀？」松仔問。

「可能吧。」石大哥答。

「要不要合作？」松仔嘻嘻一笑。

「跟你合作？合作什麼？」石大哥問。

「合作花這些傢伙的錢呀，買雞、買酒、買香燭冥錢，還有……」松仔揚起手，那只藥局袋子裡，都是些紗布、繃帶之類的止血用品。

「血。」松仔猙獰冷笑說：「這小子說要養我，嘻嘻，當鬼這麼久，難得碰上這種好事，每天都有人血可以喝，我們會越來越強呀……」

「血呀，很多年前我已經喝膩了。」石大哥苦笑了笑。「小孩子不懂事，你放過他吧。」

「……」松仔笑容消失，默然半晌，突然揚起手，抓著那尖銳石頭往阿育腦袋砸下。

被阿育一把接住──是石大哥控制了阿育左手。

松仔鬆手放下那袋止血用品，飛快掐住阿育頸子，面目變得凶厲猙獰，嘶啞罵著：「不合作就滾，管什麼閒事……」

阿育只覺得喉嚨讓松仔掐得劇痛不已，急得扳動松仔掐頸手指，卻覺得松仔手勁奇大無比，腦袋一陣暈眩。

「哼。」石大哥冷笑一聲，接管了阿育右手，卻不是扳開松仔手指，而是朝松仔胸前探去，將松仔胸前制服連同制服下的小紅布袋緊緊抓住，只見松仔凶惡面目瞬間扭曲，露出極端痛苦的表情，右手石頭落下、左手也鬆開了阿育頸子，雙腿發軟，像是連站都站不穩。

石大哥附著阿育身子，推著松仔一步步後退，將他按在公園裡一棵樹上，冷冷問他：「很囂張嘛，你混哪裡的？你怎麼死的？怨氣挺重呀？」他這麼說的同時，也斥責起阿育。「看到沒有，請到這種兇的，你們這種小孩，怎麼控制得了？」

阿育連連咳嗽喘氣，答：「石大哥，我知道錯了，我以後再也不玩了，但是現在我們該怎麼辦？」

他這麼問的同時，右手還受石大哥控制，牢牢揪著松仔胸前制服和小紅布袋，力道愈漸加重，令松仔一張臉更加扭曲──那是因痛苦產生的扭曲。

「打他耳光，把那傢伙打回這紅袋子裡。」石大哥這麼回答。

「唔！」阿育只得照做，連忙舉起左手，啪啪啪地賞了松仔好幾記耳光。

「打這麼輕有屁用！」石大哥怒斥著，同時，阿育感到自己左手控制權再次被石大哥奪去，高高地揚起，猛力朝著松仔臉龐搧去。

啪！阿育的左掌在松仔的右頰上拍出一記極響亮的巴掌聲。

松仔整個腦袋誇張地撇向一邊，雙腿一軟倚樹癱坐軟倒，阿育只覺得自己巴掌也挺疼，可見這一巴掌力道有多重。

跟著，石大哥控制著阿育雙手，探進倚坐樹下的松仔領口，揪出那小紅布袋，將布袋繫繩扯斷，還用繫繩在袋口上打了個死結，小紅布袋劇烈掙扎震動。

「抓緊，別放開。」石大哥這麼叮嚀，阿育感到手和腳又回歸自己控制了，他謹記石大哥的囑咐，將那小紅布袋緊緊抓著，蹲下搖醒松仔，還替松仔拾起落在地上的眼鏡，歪歪斜斜地戴回他臉上。

松仔回過神來，只覺得臉頰腫痛，又見到蹲在身旁的阿育，驚訝地左顧右盼，急急問著：「阿育！我不是叫你回家嗎？這裡是哪裡？我怎麼在公園？我不是去藥房買紗布嗎？」他說到這裡，撫著臉問：「我的臉……阿育，是你打我？」

「沒辦法，我要救你啊！」阿育苦笑地說，將松仔攙起，問：「到底發生什麼事？你買這麼多紗布要幹嘛啦？」

「血……」松仔哽咽地說：「他們……要我全家，每天餵他們血……」

「他們？」阿育驚愕問著，見松仔不停啜泣，追問：「『他們』是什麼意思？」他一面問，一面望著手上那小紅布袋。

「喝！」松仔見到那小紅布袋，身子登時一抖，一句話也不敢再講。

「你別怕，現在沒事了，這隻鬼出不來了，就算他出來也不用怕，石大哥很強的。」阿育安撫著說。

「石大哥？」松仔困惑問。

「就是我紅袋子裡的那位大哥。」阿育這麼說，還急急補充：「石大哥很厲害，懂很多東西，只是他不喜歡人家叫他『守護靈』。他說文傑這方法很危險，要我們別再玩下去了！」

「我也不想玩了……」松仔驚恐地說：「但是來不及了，我一次招來太多鬼，他們附著我爸爸弟弟跟妹妹，我家現在已經被他們霸佔了！」

「什麼！」阿育愕然問著，在松仔解釋之下，這才知道週五當晚，松仔再次讓酒後的爸爸痛打了一頓，隔日，松仔便滿懷怨氣地離家去找守護靈，他去了郊區一處亂葬崗，擺出招魂陣，一開始連試三次都不成功，第四次碟子卻激動亂竄，回答問題時一會兒是一會兒不是，松仔怎麼問，都會得到好幾個不同答案，松仔連對方性別、年紀都問不出來。

小碟子裡彷彿藏著不只一個傢伙。

松仔莫可奈何，也不敢鬆指放鬼，只能硬著頭皮將小碟中數隻惡鬼，一併送進小紅布袋裡，又將小紅布袋塞入米袋中化解戾氣，當他緊張兮兮地回到家時，又吃了暴躁的爸爸幾個耳光，責備他死哪裡去了。

怨憤的松仔甫回房間，立時暗暗剪了撮頭髮纏上線香，用美工刀割指滴淋線香；經過一夜輾轉難眠，翌日一早，急急忙忙點了香，取出藏在米袋裡的小紅布袋，捧在手心，一面回想昨晚父親醺醉虐打他的情景，一面喃喃祈禱紅布袋裡的守護靈好好教訓他那酗酒父親。

但他不知那小紅布袋裡一口氣藏進七隻孤魂野鬼，分散了米袋效力，只一個晚上，難以將七隻惡鬼的戾氣除盡，此時讓血香一熏，凶氣衝升，不受控制，衝開了小紅布袋的禁錮之力，一下子家中群魔亂舞，松仔轉眼就被惡鬼附體。

被惡靈附體的松仔推門出房，一巴掌甩落坐在客廳獨飲的爸爸手上酒杯，爸爸盛怒起身就要揍人，卻被松仔一拳擊倒在地。

松仔騎跨到爸爸身上，對著爸爸不停揮拳搧掌；他回過神時，爸爸已經虛弱地癱躺在地上。

松仔嚇得自爸爸身上彈起退遠，只見爸爸緩緩站起，朝他做出一個詭譎笑容，同時，他兩個弟弟和妹妹，也從房中走出，走到爸爸身邊，瞅著他冷笑。

爸爸揚起手，搧了自己幾個巴掌。

「小弟，你不是求我們教訓你爸爸嗎？」

爸爸一面說，一面左右望了望，找了張藤椅窩下，將胳臂擺在椅臂上。「你想怎麼教訓呀？來來來，先綁著我，我們來想想怎麼教訓他爸爸。」

弟弟妹妹們翻出了塑膠紅繩，將爸爸手腳牢牢捆死在椅臂和椅腳上。

還不時張口咬爸爸胳臂，咬出一枚枚鮮明齒痕。

「小弟，我們完成任務啦，是不是該給工資呀？」

妹妹從待洗衣物籃子裡翻出一堆臭襪子，塞住爸爸的口後，爸爸身上那惡鬼便離體，與群鬼一同圍著那錯愕傻眼，但動彈不得的爸爸。

同時向松仔催討起工資——

文傑教導眾人的餵養方法裡的頭髮、鮮血份量，本是用於餵養一隻守護靈，但他招來七隻鬼，一炷香自然不夠分。

□

這群惡靈佔據了他整個家和他爸爸弟弟妹妹的身體，喝令松仔從爸爸口袋翻出錢包，出門買些酒菜和香燭祭品來「打賞」他們。

松仔驚恐地伺候了這些傢伙一天一夜，週一雖然得以出門上學，但被吩咐放學之後，去藥房買些紗布回來。

且還有隻惡鬼負責隨身盯他，不停在他耳邊威脅恫嚇，警告他不許向任何人透露家中消息。

阿育聽松仔述說至此，急急地問：「所以現在你爸爸、弟弟跟妹妹都被鬼附身？」

「他們說窩在我家很舒服，他們說是我自己請他們來作客……」松仔嗚咽哭泣起來，像是不知該怎麼收拾這爛攤子。「他們要更多血香，要我用刀割爸爸的手餵他們血，紗布、ＯＫ繃，是割完手後用來止血的……」

「怎麼這樣……」阿育愕然半晌，低下頭問：「石大哥，你那麼厲害，但是……你可以一個打好幾個嗎？」

「臭小子，你用激將法啊？」石大哥沒好氣地回答，跟著又補了一句：「如果只是一般的孤魂野鬼，十個、二十個一起上我也不怕。」

「石大哥，我知道是我們不好，但這一次只有你能幫我們了……」阿育連連懇求，還不停替石大哥戴起高帽子，他對松仔說：「石大哥道行非常高，簡直是鬼裡面的武林高手，那些阿貓阿狗孤魂野鬼，怎麼會是他的對手？」

「你還有時間講廢話？」石大哥哼哼地說。

阿育聽石大哥這麼說，知道他同意相助了，趕緊與松仔一同返家。他們奔過幾條街，來到了松仔家公寓樓下，抬頭望去，只見三樓松仔家沒有透出光線，他們戰戰兢兢地上樓，松仔取出鑰匙開門，兩人進屋，只見客廳漆黑一片。

「各位……大哥大姊，我回來了……」松仔大聲說，聲音中帶著顫抖。「我……還帶了同學回家……」

他沒有得到回應，緩緩地挪移腳步，來到電燈開關前，伸手打開電燈。燈光沒有隨著開關綻放，壞了。

松仔又按下陽台的橙黃小燈，小燈亮起，稍稍照亮昏暗客廳。

「喝！」松仔和阿育都讓目光所及的客廳景象嚇得動彈不得——

松仔爸爸歪斜著頭、臉色蒼白，一動也不動癱躺在竹籐椅上，嘴裡仍塞著臭襪子還被捆上膠帶，雙手、雙腳都被紅色塑膠繩牢牢捆在椅臂、椅腳上，他上身赤裸、渾身瘀青，雙臂除了滿滿齒痕外，還有十數條刀劃割痕——

狠狠教訓他一頓，是松仔對這批「守護靈」的請求。

惡鬼們便也理直氣壯地玩虐取樂，倒不是盡忠職守，而是想玩出血。

玩出了血，再令松仔點香施術餵養他們。

一天一夜下來，他們討要的血香早已超過了七份，還像是高利貸般加碼向松仔索討。

「爸爸！」「伯父……」松仔與阿育上前輕推了爸爸身子，見他尚有氣息，這才梢稍鬆了口氣。

松仔爸爸睜開眼，一見松仔，嚇得渾身發抖——

松仔見到如此驚恐的父親，心中五味雜陳，他朝著屋中深處喝喊：「阿弟、阿妹……各位大哥大姊……」

松仔的叫喚得不到回應，只見幾間房門微微敞著，縫隙中墨黑一片。

他倆鼓起勇氣，一前一後往房間走去，屏著氣息將門推開，這房間略大，有一張雙人床和一張單人床，平時他與兩個弟弟睡雙人床，妹妹則睡單人床。

此時儘管有自陽台映入客廳，再隱約漫入房中的昏黃光線，但房內仍然昏黑，僅能隱隱見到雙人床上坐著兩人，是他兩個就讀國小的弟弟。

「回來啦……」兩個弟弟轉頭望來，眼睛綻放著青森光芒，嚇得松仔和阿育後退一步，阿育覺得身後撞著了東西，轉頭，是松仔的妹妹。

她捧著一杯米，插著二十來支纏好頭髮淋好血的線香，像是要催促松仔施術點香——

這些傢伙附著人身，自己能夠纏髮弄血淋香，但施術點香還是得靠松仔。

這杯米上的血香，自然是松仔出門上學時，他們自己依樣畫葫蘆，從爸爸身上弄了些血、剪了妹妹頭髮製成，就等松仔回家施術。

但此時妹妹——或者說是她體內那傢伙，彷彿察覺出阿育身上帶著不尋常的氣息；在她尚未有進一步反應時，阿育的手已經不受控制地甩出，將她捧在手中那插香米杯一把搧飛，嘩啦啦地飛撞上牆、撒落一地。

「噫！不是他！」「怎麼多了一個！」松仔兩個弟弟突而站起，怒視阿育與松仔，阿育聽見四周隱隱發出鬼嘯聲，而他的身子比他眼睛反應更快，又一巴掌甩出，在空氣中打出清脆一聲響，同時，阿育感到自己那手在原本空無一物的空中，抓著了個東西。

他眼皮不自主地大力眨了眨，驚見自己不受控制的手，正牢牢掐著一個中年男人頸子，那男人呆愣愣地與阿育互視，急得掙扎想逃，卻怎麼也無法掙脫阿育的手。

「這傢伙是誰？」松仔兩個弟弟先後蹦跳下床，警戒地怒視阿育和松仔，一步步朝門外兩人逼近。

同時，松仔噫呀一聲向後坐倒，覺得身子僵麻，只覺得有股怪力自他後背硬往他身子裡擠。

但那怪力只擠進松仔一半，便又瞬間被阿育揚手揪出。

這次被阿育——石大哥揪出松仔的是個披髮女鬼，女鬼的臉和墨一樣黑，幾乎看不清五官。

阿育雙手抓著兩隻鬼，當成錘甩，屢次逼退試圖進逼的松仔弟弟妹妹；而原先松仔那只小紅布袋，此時仍被阿育連同那墨臉女鬼一同緊握揪著，仍不停掙動。

松仔兩個弟弟分別揪住了阿育手中兩隻鬼的手或者腳，像是想將夥伴搶回，但他們道行、力氣不足，反而將阿育手中兩鬼扯得哇哇怪叫。

松仔妹妹見阿育和兩個弟弟正僵持著，逮著了個機會，繞到阿育面前，伸手往他雙肩一搭，她雙手剛搭上阿育肩頭，本來一雙小女孩的稚嫩雙掌，忽地漫冒出黑色筋脈，生出厚黃指甲——

附在她體內的是一個年邁老鬼。

阿育感到雙肩冷冽如冰、痠麻刺痛，見松仔妹妹此時面貌竟然如同一個八、九十歲的老人，嚇得哇哇大叫。

松仔妹妹搭著阿育雙肩，正想跳起來咬阿育頸子，卻見他胸口登然探出一顆腦袋——是石大哥露臉了。

由於角度關係，阿育瞧不清石大哥面貌，僅能低頭瞥見石大哥極短平頭的腦門上有數道巨大縫紋和釘痕、臉龐也有一道道圖騰般的青紋——這是當年石大哥受那師公巫術惡煉出來的邪蠱印記。

阿育瞧不見石大哥正面，但那年邁老鬼與石大哥打了個照面，像是小偷撞上土匪頭子般，嚇得倏地飛離松仔妹妹身子，竄逃消失。

松仔的妹妹刹時恢復成原本小孩面容，癱軟睡倒。

兩個弟弟也讓石大哥的模樣嚇得鬆手退開。

「哼哼。」石大哥冷笑兩聲，腦袋縮回阿育身中——阿育覺得臉上突然一陣麻癢，嘴巴不自主地張開，同時將手中男鬼提近，張口咬那男鬼頸子。

「嘔——」阿育感到一陣腥苦氣息在他的口腔中衝湧瀰漫，此時他雙手雙腳都不受控制，連嘴巴都不受控制地咬起鬼來，他驚恐呸喊：「嘔嘔——石大哥……拜託啦……你要吃……用你自己的嘴……嘔！」

他話還沒說完，轉頭朝另一手上的墨黑色女鬼肩頭也狠咬一口。

阿育咬上她肩時，臉離女鬼面容極近，他斜著眼，與那女鬼一雙細長眼睛對上，女鬼眼睛緩緩睜大，通紅一片，沒有眼瞳。

「唔唔……嘔——」阿育除了口中瀰漫起難忍氣味之外，精神幾乎也瀕臨極限，畢竟這種在電影、小說中才能見到的情節，此時的他正親身體驗著。

石大哥像是對群鬼下馬威般，又咬了他們幾口，這才將兩隻鬼遠遠一拋，怒罵：「通通給我滾，不然我要來眞的啦……」

中年男鬼與墨臉女鬼驚懼地退到角落，松仔兩個弟弟也砰然倒地，兩股怨靈自他們口鼻間散出，凝聚成人形，退去與男女兩鬼站在一起，互相使起眼色，像是想聯手圍攻阿育。

突然，阿育覺得自己頸子一緊，一條紅塑膠繩自他後腦套圈來，勒住了他頸子，猛地一縮，勒實紮緊。

「爸爸！」松仔怪叫著，他見到爸爸不知何時竟掙脫了塑膠繩，直挺挺地站在阿育背後，凶厲用那本來捆他手腳的塑膠繩，緊緊勒著阿育脖子，兩隻眼瞳古怪上吊、神情猙獰——是第七個亡靈。

「噫呀——」老鬼從地板探出，抓住阿育雙踝，另四隻鬼一擁而上，架住阿育手腳，本來阿育緊抓在手上的那小紅布袋落在地上，裡頭那跟著松仔一整天的惡靈再次竄出，也緊緊掐住阿育頸子不放。

「唔！」阿育被群鬼掐得透不過氣，正想石大哥怎麼還不出手，突然感到胸口一麻，是石大哥探出了大半邊身子，雙臂一摟，竟將那兩個抱著他腿不放的惡鬼拉進了阿育體內。

下一刻，石大哥雙臂自阿育腰脅兩側探出，將架著阿育雙手的兩隻惡鬼和那老鬼，以及自小紅布袋脫逃的凶鬼一一拉進阿育身中。

此時阿育的嘴巴已經不停冒出泡沫，松仔爸爸手上那條塑膠繩，幾乎要將阿育給勒死了。

石大哥附著阿育往後猛退，用後背將松仔爸爸壓上牆，那雙滿布青紋圖騰的手臂再次自阿育體內竄出，鑽進松仔爸爸肚子裡，將第七隻亡靈也拉進阿育身中。

「爸……爸！」松仔奔向爸爸，將他往角落攙扶，爸爸緩緩回神，一見松仔的臉，嚇得掙扎想逃，但他此時體力不濟，連爬都爬不太動。

「你不要怕啦！我找人來救你了……」松仔安撫著爸爸。

松仔爸爸虛弱喘息著，在微弱的光線下，隱隱見到阿育身子竟飄浮起來，渾身透出陣陣怪異氣息；飄蕩在空中的他，時而揮拳打自己肚子，時而張口咬自己手臂，或是用左腳蹬右腳、打自己耳光等。

「他……他……」松仔爸爸對此景象倒不陌生，惡鬼在他家肆虐一夜，他已經看過數次這般附身異狀。

「他是我同學……我請他來趕跑這些鬼！」松仔一面解釋，一一將漸漸醒轉嚇呆的弟弟妹妹拉回爸爸身旁，用身子守護著他們。

此時只見到騰於空中的阿育身子激顫，突然一彎腰大嘔起來，嘔出一團黏糊青光，那光團緩緩地上下飄蕩。

跟著，阿育接二連三嘔出一團又一團的黏糊光團，他嘔得眼淚都迸流出來，嘔得肚腹翻騰不已，甚至有些光流黏團，是自他的鼻中淌出。

「嘔嘔、咳咳——」阿育摔落下地，捧著肚子瑟縮一團，身子連連顫抖，張開的嘴巴已經合不攏了，又有一大灘光流黏團自他的口鼻洩出，嘔得半邊臉龐全是黏液。

幾團黏團挪移飄動，連人形都幻化不出了，阿育蜷縮著的身子發出了沉沉的聲音：「以後要狠前，先看看對手是誰，在我面前裝兇，哼！我看在是這些小鬼起的因，所以沒讓你們魂飛魄散，快滾吧——」

七個亡靈黏團隨著石大哥的怒吼，飛竄出牆，再無動靜。

阿育的身子仍然不停抽搐，松仔趕緊上前攙扶，只聽見阿育口中仍發出那陌生的聲音：

「小子，去拿些鹽巴水給他喝，再讓他吐個幾次，就沒事啦。」

「好……好……」松仔這才將歪斜的眼鏡推正，趕緊照著石大哥的話做。

04 決裂

這天天氣大好，天空晴朗得看不見一片雲。

松仔沒來上課，昨晚他餵阿育喝完三杯鹽水，讓他全吐光之後，就撥打電話叫來救護車，將受傷的父親和嚴重受驚的弟弟妹妹全送入醫院，他們身上的傷勢嚇壞了救護人員，驚動管區警察，松仔倒是老老實實地將家中闖入七隻鬼的事據實以告——他並沒坦承這七隻鬼的由來。

他曉得若讓爸爸得知這兩夜恐怖遭遇起因，是他招靈報復所致，那麼爸爸出院肯定要將他打得也變成鬼了；說不定還會讓文傑招出，變成文傑的守護靈。因此他無論如何也要隱瞞住這一點，他覺得讓爸爸記得「他與同學阿育聯手回家救人」的印象，對他比較有利。

警方當然無法接受這種說法，但反覆詢問之下，松仔爸爸和三個弟弟妹妹口供一致，也莫可奈何，只能先讓傷者靜養，事後慢慢調查。

阿育倒是當晚深夜就返回家中，捱了父母一頓罵，只說是去同學家做功課了。

這天一早他來到學校，見到教室前倚著牆的正是美君，美君像是變了個人似的，雖然仍和以往一樣漂亮，但神情舉止卻不如以往那般俏皮勾人，而是變得靜素許多，低垂著頭，看著自己的修長手指。

站在她面前的是那個帥氣學長，他一手插在褲袋中，一手抵在美君身旁的牆上，自信笑著，與美君談天。

「你不是跟林宜嘉告白了嗎？」美君淡淡地說，看也不看那學長一眼。

「妳說她喔？沒啦。」學長哈哈笑著，說：「跟她只是普通朋友啦，我比較想認識妳啦。」

阿育走進教室時，聽見他們對話，同時也瞥見隔壁班那個搶走美君風采的轉學生林宜嘉也佇在走廊上與同學閒聊，卻不時探看美君與那帥氣學長的一舉一動，且流露出深深的妒意時，阿育知道美君應當成功地在守護靈的幫助下擄獲了學長的心。

「原來還有這招喔，厲害厲害……」阿育暗想美君以往總愛靠著身材打扮和開放言行來吸引男生的目光，但此時一反常態地靜素乖巧，反而增添了另一番風韻。

當然阿育曉得即便美君的守護靈當眞能夠替她賺得這次戀愛機會，但他仍然必須勸服美君放棄繼續這個危險遊戲，然而阿育經歷了昨晚與石大哥聯手大戰群鬼這件事，可眞吃足苦頭，一時竟有些膽怯進行下一個挑戰。

美君見到阿育走來，與他對望一眼，眼中竟閃現一絲怨怒，這使得阿育有些驚懼。

「嘖嘖……麻煩喔……」石大哥在阿育坐下後這麼說。

阿育抿了抿嘴，心中隱隱有數，知道美君這般反常態度，她身上那守護靈，恐怕不只是乖乖替她增添魅力這麼單純。

他瞧瞧教室另一角，文傑陰沉沉地翻著課本、小筑尚未到校，這使他不禁有些擔憂——光一個松仔的守護靈就鬧成這樣，倘若其他三人也各自招來了難纏傢伙，那實在相當麻煩。

他這麼想時，起身朝文傑走去。文傑仰起頭來，瞧了阿育一眼，又低下頭，嘴角微微翹起，說：「阿育，昨天很屁喔，要不要再玩一場。」

阿育搖搖頭，說：「我認輸，行了吧，不要再玩了。」

「你說不玩就不玩喔？」文傑這樣回答。

□

這天上午幾堂課結束了，出乎阿育意料之外的，美君和文傑都沒有唆使守護靈幹出惡整同學或是老師的行徑。

小筑的表現和以往倒沒有太大不同，這使得阿育有些放心，他利用午飯時間，想要上前關切幾句，卻總是讓文傑有意無意地打岔破壞，小筑卻不介意文傑不停打岔，反而主動與文傑討論關於守護靈種種細節瑣事。

阿育倒是讓文傑蓄意打岔的態度給激怒了，或許還夾雜著些許醋意吧，他輕推文傑肩頭，說：「我有重要的事要跟小筑說，你要聽也可以，但是不要插嘴。」

「什麼事情那麼重要啦？」文傑昂起頭來，挑釁地說：「你沒看見小筑有一堆問題想問我嗎？一直插嘴的人是你吧。」

「文傑……」阿育氣沖沖地說：「其實我也有事要跟你談。」

「是關於守護靈的事嗎？」文傑說到「守護靈」三個字時，還刻意壓低了聲音：「這裡不適合講，去地下室。」文傑這麼說，轉身就往外走，小筑像是有一籮筐關於守護靈的事想要和文傑討論，一見文傑離開，想也不想便跟了上去。

這使得阿育更加氣惱，他覺得小筑和文傑太親近了，親近得超出了他所能容忍的範圍，他覺得似乎就連在自己編織出來的夢境中，小筑都不屬於他的了。

「美君，妳也過來。」阿育在離開教室時，還不忘喊了坐在一旁的美君，美君若有所思地起身，靜靜地跟在最後頭。

四人默默無語，一路走向地下室，進入一處擺放體育用具的倉儲小室裡；開了燈，關上門。

「阿育，你到底要跟我們說什麼？」小筑的語氣淡然冷漠，她說：「長話短說喔，我還有很多事要問文傑……」

「有什麼好問？問來問去還不都是什麼狗屁守護靈的事！」阿育讓小筑這話和冷冰冰的語

氣刺傷了心，他氣惱地說：「我要對大家講的就是這件事！別再碰守護靈了，你們沒發現自從我們玩了這遊戲之後，大家的個性都變了嗎？」

「是啊，我變得更美了。」本來默不作聲的美君突然微微笑了起來，臉上幸福洋溢。

「有嗎？哪裡有變美，我怎麼看不出來？」阿育急於說服他們，開口也直白無禮了些。美君收去微笑，沒有回應，而是低下頭和胸前的小紅布袋細聲呢喃。

「是不是！你們看不出美君變得很奇怪嗎？」阿育向小筑和文傑攤著手說。

小筑搖搖頭，文傑則是走近阿育兩步，將臉湊近阿育，笑著說：「眞好笑，那我呢，我有變嗎？哈哈——」

「你變得比以前更討厭！更白目！」阿育吼著，朝往他逼近的文傑胸口重重推了一把，轟隆隆地將文傑推撞上身後那排擺放籃球的簍子上。

小筑趕忙上前攙扶文傑，惱火地指責起阿育。「阿育，你怎能動手？」美君抬起頭來，也附和說：「對啊，阿育，你說大家變了，其實變最多的人就是你吧，你以前不會這麼沒禮貌喔。」

「我的天啊，你們到底怎麼了？」阿育大聲說：「你們知道松仔家裡發生什麼事嗎？還玩！不怕玩出人命嗎？」

「我才不是玩，我要救我媽媽！」小筑正色說著。

「孤魂野鬼要怎麼能救人命呢？文傑吹牛妳也相信？」阿育氣憤回嘴。

「阿育，你眞的不講理耶。」文傑見阿育不斷針對他，也不悅地說：「你到底想怎樣？你只是看我不順眼吧，爲什麼不直說？」

美君冷笑打岔：「他在吃你的醋啦。」

「屁啦——」阿育朝著美君氣憤大吼，將美君嚇得退到小筑身後，小筑瞪著阿育，罵：「你想幹嘛啊？」

文傑挺身往前站了幾步，伸手攔在阿育和美君、小筑之間，說：「我教你招守護靈，不是讓你來欺負自己人耶，你招到一個厲害的守護靈，就屁成這樣，想要大家都聽你的話喔？」

「我哪有這樣……」阿育口才本不如文傑，此時聽他這麼說，登時語塞，僅能氣得握緊拳頭。

「幹嘛，你想打人啊？」文傑又上前一步，伸手按在阿育胸膛上，壓著他後退。

阿育再也忍耐不住，他揮手試圖撥開文傑按在他胸口上的手，一時竟撥不開，他見到文傑那細瘦胳臂隱隱變化著奇異幻象，彷如好幾隻不同的手的影像堆疊在一起。

他注意到文傑頸上掛著不只一圈繫繩，而是有好幾圈，顯然藏於衣襟底下的小紅布袋，也有數個之多。

文傑的胸口隱隱浮現出五個人頭，有男有女、有老有少，雖說是五個腦袋五張臉，卻不是十隻眼睛、十隻耳朵、五個鼻子、五張嘴巴，當中有些一看即知是橫死鬼，死狀極慘，面目全非，五官的數量當然也湊不齊全了。

阿育只看一眼，趕緊撇過頭去，只覺得胃腸翻騰，他猜想文傑或許看不見這些守護靈的眞面目，否則應該沒有興致帶著這些腦袋四處走。

文傑將阿育壓退到了牆邊，一把揪住阿育胸口制服與制服後頭那藏著石大哥的小紅布袋。

「阿育，你囂張過頭了，我身為團隊領頭，應該要給你一點教訓……」文傑後仰起頭，高傲地瞪著阿育，但他陡然收回了手，彷彿被毒蛇咬了一口，或是讓虎頭蜂螫了一下，愕然地看著阿育胸前。

阿育知道石大哥出手幫他了，此時也再無顧慮，一拳搥在文傑胸口上，將文傑打得跌坐倒地。

「咳——」文傑讓阿育這拳搥得疼痛難當，他的體力和運動細胞本不如阿育，此時更訝異自己費盡心思招來的五隻守護靈，仍遠不如阿育身上那經過惡法修煉的石大哥，此時捱了阿育一拳，囂張氣焰全失，頹喪地坐在地上，摀著胸口咳嗽。

阿育揪著文傑衣領要將他拉起，卻讓一顆籃球打在臉上，那顆籃球擲來的力道不大，阿育卻覺得像是被鐵鎚擊中胸口一般難熬——

球是小筑扔來的。

小筑伸手推開阿育，她並未將守護靈隨身帶著，石大哥自然也沒有對她動手的打算。

「阿育，你口口聲聲說要我們別玩守護靈，那你自己呢？」小筑忿忿地攔在阿育與文傑之間。

一直冷眼旁觀的美君也突然開口：「阿育跟他的守護靈合作無間喔。」美君突然這麼說，又補充一句：「阿世告訴我的。」

阿育知道美君口中的「阿世」，就是當日在公墓招得的守護靈，美君性情轉變，應當就是受了這個「阿世」影響所致。

「是啊，如果你認爲自己說的是對的，幹嘛不以身作則？」本來頹喪坐倒在地的文傑覺得抓著阿育的把柄，一下子蹦跳起身，指著阿育說：「你怎麼不先放棄你的守護靈？還是說……」

「你想讓大家放棄守護靈，只有你有守護靈對吧！」小筑緊接在文傑之後追問，這句話再度深深錐入阿育的心，使他感到難以忍受的憤怒和酸楚。

「才……」阿育想要大聲辯駁，但卻連叫嚷的氣力都消失了。「沒有……」

「那就把紅袋子還我。」文傑冷冷向阿育伸出手，說：「把我給你的東西還我，你退出。」

「退出就退出！」阿育覺得腦袋轟響成一片，在這一刻他覺得什麼都無所謂了，他氣憤地掏出藏有石大哥的小紅布袋，激憤之餘還扯脫了制服上一枚鈕釦。

但是當他將小紅布袋遞向文傑的那瞬間，他不禁又猶豫了，他知道眼前同學的轉變，全因他們受到他們那些「守護靈」煽動蠱惑所致，倘若他將石大哥交了出去，他等於失去了能夠制伏那些惡靈的王牌。

那他們將會變得如何呢？

「聽他的話，把我那袋子交給他吧。」一直默不作聲的石大哥突然開口了，同樣地，這句話只有阿育聽得見。

阿育愣了愣，他沒來得及思索石大哥這麼說的用意，但在他心情紊亂之際，一聽連石大哥也這麼說，他便不再辯駁，將袋子朝文傑一拋，冷冷地說：「想當老大的是你，一直都是你，別以爲大家都看不出來。」

阿育看了小筑一眼，發現小筑站在文傑身後，用一種防範敵人的神情看著他，讓他感到一陣心寒，他再也不想理會這些事情，轉身推門離去。

□

「你還在生氣嗎？」美君自後拍了拍阿育肩頭。

阿育回頭，此時已經是放學時分，他刻意在校外逗留了一段時間，才往捷運站走，就是不想見到小筑和文傑有說有笑的模樣。

整個下午，那情景他已經看夠了。

此時美君主動和他搭話，使他有些驚訝，他想起中午美君也站在文傑那邊，心中仍然不快，訕訕地說：「妳怎麼沒回家啊？」

「我有些話想跟你說。」美君這麼說，且伸出手拉住阿育臂膀，將他往巷子中拉。

阿育有些尷尬，他甩動著手臂，一面說：「直接說就好了，幹嘛去巷子裡？」

「有些話只能偷偷地說啊。」美君嘿嘿地笑，此時她的神態就像往常那樣開朗俏皮。阿育狐疑地問：「妳……」

兩人來到一條人少的窄巷中，美君將阿育往更深處拉，使得阿育本來鬆懈的情緒又漸漸升起，他不安地問：「妳到底要跟我講什麼？」

「我想知道那天你跟我接吻的感覺怎樣？」美君拉著阿育的手，輕輕搖晃著。

「唔！」阿育漲紅了臉，他的初吻確實在那天公墓山坡上獻給了美君，當時美君這麼提議時，他只當是玩笑話，但是當美君再一次提議，且嘟起嘴巴向他湊來時，他不知怎地，並沒有撇開頭或是挪移身子什麼的，便這麼糊里糊塗地接下了那一吻。

「那是誤會啦！」此時的阿育連連搖手，想解釋什麼，卻又不知該從何說起。

「誤會還能親那麼久喔。」美君神祕一笑。

那時那一吻，長達好幾分鐘，阿育幾乎忘了自己姓什麼，只知道美君的嘴唇離開之後，他還發了很長一段時間的呆。

「妳……妳到底想說什麼？」阿育急急地說，他發覺美君仍緊拉著他的手臂，便更大力地甩手，然後他發現，他甩不開美君的手，他覺得美君的手，像是鐵銹一樣，緊緊鎖著他臂膀上的肉，他終於察覺到自己的處境十分不妥。

美君仍然微笑，但是此時她的微笑像是卡通片中那樣誇張，嘴角不自然地咧開，眼睛直勾勾地瞪著阿育，說：「跟我接吻的滋味很好吧，但是我老公很不開心，怎麼辦……阿育，你說怎麼辦……」

「什麼？妳老公？」阿育感到手臂上的疼痛加劇，用盡全身的力氣猛地向後一彈，總算掙脫了美君的抓拿，他向後彈撞在巷中的牆上，就見美君的長髮緩緩飄揚，臉色僵青，雙眼直直盯著他看。

「我老公是阿世。」美君臉上仍掛著笑容，卻無一絲笑意，她緩緩地說：「阿世很不開心，他想要你向他道歉。」

「我……我爲什麼要道歉？」阿育感到十分彆扭且不服氣，即便他當眞與美君接吻了，那也是美君主動的，就算要道歉，也是美君向阿世道歉，這天他受的氣夠多了，現在又要他向這個突然冒出來的阿世道歉，他怎麼也嚥不下這口氣。

「你不道歉，阿世會很生氣。」美君說，她的臉色更加詭異了，腦袋微微歪斜，向靠在牆上的阿育走近一步，雙手張揚開來，像是要撲殺獵物的母獅一般。

「對不起啦，阿世哥！」阿育見到美君這副模樣，莫可奈何，只好道歉，他想起自己將石大哥給了文傑，此時面對身受凶靈控制的美君，可一點辦法也沒有。

「阿世要的道歉，是要你把舌頭割下來。」美君伸手進入書包中，取出一柄美工刀，喀啦喀啦地將刀刃推出。

「妳媽啦——」阿育想也不想就拔腿狂奔，他運動神經不差，此時在窄巷中奔跑得飛快健捷，但他從緊隨在後的腳步聲也能得知美君此時跑得竟不比他慢。

他奔至轉角處時稍稍回頭，只見美君離他極近，高舉著手上那柄美工刀，直直就朝他後背劈下。

「哇——」阿育猛而低頭坐倒，美工刀斜斜地朝他肩膀劃下，終究是他坐得較快，美工刀砍在他身後的牆上，刀刃立時崩斷。

阿育撐起身子繼續逃跑，他知道美君當然不會因為砍斷一截美工刀而罷手。

他隨即感到身上書包提帶漸漸緊縮，勒得他透不過氣，他知道這是阿世施法所致，但他仍然不停下腳步，先前他和石大哥閒聊中得知，離亡靈越遠，受到亡靈法力波及的程度便會越少，此時他只能竭盡所能地逃離阿世威脅範圍。

阿育死命狂奔，終於奔到另一端巷口，他覺得胸膛幾乎要爆炸了，再回頭，發現美君仍然僅離他不到兩公尺，神情仍是那副猛獸模樣。

「啊啊！」阿育驚恐再逃，當他在大街上衝奔好一陣後才發現，一直緊跟在他身後的美君人不見了。

他剛剛鬆懈，轉往捷運站，卻又發現美君呆滯地守在捷運站入口外。

「喝——」阿育發現美君也看見他，且直直向他走來之際，嚇得再度轉身逃跑，他不時回頭，只見美君步伐越來越快，而他卻已漸漸感到體力透支。這時，剛好身邊駛過一輛計程車。

他用盡全身最後的力氣，大步衝刺，大力揮手。

「司機！拜託讓我上車——」

那計程車司機似乎聽見了阿育吼叫，透過後照鏡瞥了瞥他，緩緩停下車。

美君怒吼拔步追來。

阿育驚恐開門縮身上車，急得大喊：「司機先生，拜託你，快點開車！」

儘管阿育只是個國中生，但那司機十分專業，秉持著顧客至上的道理，且他也從後照鏡中瞧見發狂衝來的美君，便也沒多問，立時踩下油門，駛上大街。

「現在的小孩子喔，年紀輕輕就惹些感情糾紛，小弟你呀……」

司機本來一副老神在在的樣子，像是想對阿育說教，但是他第三次看向後照鏡，卻見到美君狂奔在他車後，且離他這輛行駛中的汽車越來越近，不禁愕然，一面將油門踩得更深、一面透過後視鏡對阿育說：「我靠！你馬子跑這麼快！你到底對她做了什麼事讓她這麼恨你？」

「她……她不是我馬子……」阿育無奈地解釋，又回頭去看，由於司機加足油門，漸漸拉開距離，美君終於停下腳步，兩眼仍然怨毒地望著遠離的阿育，還對著阿育做出一個割喉的動作。

「我越來越不懂現在小孩子在想什麼了，我兒子也是這樣，人小鬼大，搞不懂你們……」司機無奈地嘆了口氣。

「我……我也搞不懂……」阿育隨口敷衍，他雖然暫時逃離了「阿世」的威脅，但又不禁擔心起美君的安危，看來阿世是纏定美君了，美君接下來會變得如何，已經難以預料。

他在自家門前下車，提心吊膽地回到家中，又怕美君殺來找他，畢竟美君知道他家地址。他拉起窗簾，抓了支球棒提在手上，膽戰心驚地在書桌前抓頭思索著解決之道。

自然，他想破頭也無計可施。

□

這一晚他睡得極不安穩，他夢見松仔讓酗酒父親揍得鼻青臉腫；又夢見美君在自家房間上吊自殺，爲的是要和她的阿世作伴；還夢見小筑和文傑手牽著手在樹下招靈，招來了一個又一個守護靈，圍繞著兩人。

夢裡的文傑和小筑臉龐漸漸接近，嘴巴碰上了嘴巴，那畫面便如同當日在公墓山坡上，他與美君接吻一般。

這一幕讓阿育感到無比難受。

「唔——」阿育在夢中也不禁發出了難過的聲音，但他仍然未醒，他覺得自己像是讓麻繩綁在夢中一般，他幾乎能夠感覺得到自己躺在床上，手和腳貼在被窩中，眼睛還是閉著的，但文傑和小筑相吻的畫面仍是那樣地清晰，他無法逃離這個場景，他甚至感覺不出自己在夢中的身體，這就像是一場直接在他腦海中播放的電影，而他被綁在椅上撐著眼皮強迫觀賞。

「放心啦，這只是夢而已。」石大哥說話聲音清晰地響起。

阿育眼前仍然見得到文傑和小筑相吻的畫面，但是一聽見石大哥的說話聲，就像是溺水人抓著浮木般，他在夢中急問：「石大哥，是你嗎？是我在作夢，還是你眞的在跟我說話？」

「都是啦，我託夢給你。」石大哥哼哼一笑。

「石大哥，文傑有沒有對你怎樣？你還好吧？啊！美君她出事了，她被那個『阿世』迷得團團轉，跟瘋婆子一樣，我差點就被她殺了！」

「你不用擔心我啦，我好得很，你同學文傑就要倒大楣了，你知道我爲什麼要你把袋子還給他嗎？」

「爲什麼？」阿育問。

「解鈴還需繫鈴人，就算我用拳頭把他養的鬼打跑，但他不認清事實，之後還是會繼續找鬼來養，沒完沒了，所以我要讓他一輩子後悔自己曾經碰過這東西。」石大哥冷笑說。

「哈哈，石大哥，你有對付文傑的辦法？可是他身上有那麼多守護靈，你只有一個人……」阿育擔心地問。

「那些孤魂野鬼被我狠狠修理一頓，現在跟你一樣都喊我石大哥啦，一個個乖得跟狗似的。」石大哥哼哼地說。

「什麼！你眞有一套！我好想看看你怎麼整文傑……」阿育知道石大哥道行深厚，對付幾隻孤魂野鬼確實不是難事，如果這夢當眞是石大哥所託，那麼文傑肯定要慘兮兮了。

「小弟，別高興太早，我託夢給你，不是來逗你開心的。最麻煩的是你暗戀的那個女同學。」石大哥語氣轉爲沉重。

「小筑？她怎麼了？她也讓她的守護靈騙了嗎？我就知道，我就知道小筑不是那樣的人！」阿育一想起小筑這兩天對他和對文傑的態度，心頭就又酸又麻。

「她很麻煩……最麻煩的就是她，連我也拿她沒辦法，你得自己想辦法。」石大哥嘆了口氣。

「什麼？」阿育陡然一驚，心想倘若小筑豢養的守護靈連石大哥都束手無策，那他又能有什麼辦法，他試探地問：「小筑養的那隻鬼很難纏嗎？比石大哥你更厲害嗎？」

「小弟，你又想用激將法啊，不過這次眞的沒用——她招來的那傢伙不是鬼，是一隻狐大仙，我不是他的對手。」石大哥說完又補充解釋幾句，原來他隨著文傑一同去醫院探視小筑和她母親，立時就感受到病房中那股邪怪氣息。原來文傑替小筑招得的守護靈，是一隻百年狐狸精。石大哥無須動手，已經心中有數，光憑自己絕對無法制伏那狐精。

「那傢伙霸佔了她媽媽的身體，她媽媽看起來確實好多了。」石大哥這麼說。

「百年……狐狸精！」阿育愕然地問，一下子呆然不知所措。

「先處理簡單的部分好了，你說另一位女同學被她養的鬼迷住了，還要殺你是吧？」

「是啊。」

「你仔細聽，一定要記住我說的話，你起床之後，就照著我說的話去做……」

05 懺悔

「阿育，還要走多久啊？」松仔不停拉著領口搧風，今天他再度請了病假，卻是受阿育所託而請的假，阿育同樣也裝病請假，在父母趕赴市場工作時，偷偷溜出家門，急急忙忙聯絡上松仔，要他無論如何也要出力幫忙。

兩人便在這個艷陽高照的上午，來到郊區一處小徑，順著小徑向山坡上走。

「就快了吧。」阿育不停看著手上那歪歪扭扭的地圖，那是他在起床之後，急忙取過筆紙畫下的地圖，此時他根本看不懂自己匆忙間畫下的地圖，但對眼前的景致卻十分熟悉——他在夢中見過。這使他確信石大哥所託之夢，是千眞萬確的。

「對、對，我見過這塊大石頭，我們要去的地方，就在前面那個轉彎之後。」阿育索性把地圖撕了，憑藉著記憶前進，他循著夢中見過的小徑一路前進，見到了夢中也曾見過的一塊大石，和那個曲折彎道，然後，他和松仔遠遠地見到在那彎道山壁之後，建蓋在山邊的那座廟。

廟宇不算太小，屋簷上有龍有鳳，還設有簡陋的廁所，正廳中那神桌也算得上是威風，三尊大神居中，數尊小神列陣在前，桌上還擺著鮮花素果。

「就是這裡啊？你說你的石大哥要你來這間廟來討救兵啊？」松仔興奮地問，他推著眼鏡，趕緊恭恭敬敬地向神像鞠了個躬，連連拜起。

「不是。」阿育搖了搖頭，他走過這間廟，轉向大廟側邊，在這間廟的後方貼近山壁處，還有一間小廟，那小廟老舊腐朽，只有一張書桌那麼大，當中擺著一張板凳大小的小神桌，供奉著一尊面目模糊、雕工簡陋的小神像。

「是這個喔……」松仔有些洩氣，說：「我覺得旁邊的神比較厲害耶。」

「石大哥說那些只是空神像啦，神仙不在裡面也沒有用。」阿育解釋著，突然想起什麼，又轉身回到大廟，在供桌上取了六炷香，分給松仔三炷，將香點燃，兩人回到小廟前，對著小廟誠心祝禱，口中唸唸有詞，再將香插入小廟中小香爐裡，心焦難耐地等了好半晌，待香燃盡。阿育這才取出準備好的小袋子，將小香爐取出，將爐中的香灰土、殘香桿子分開裝妥，將空爐放回神桌。

「你不是說還要把神像也帶走。」松仔將裝著香灰土和殘香桿子的兩只小袋仔細綁實，轉頭又問：「我們這樣算不算小偷啊？」

「救人要緊啦。」阿育朝著小廟裡頭的神像拜了幾拜，自背包中取出一張黑布毯子，將神像恭敬捧出、謹慎包裹，裹到一半，他盯著那尊神像，喃喃自語：「怎麼長得跟石大哥講的不太一樣？啊！我想起來了，拿錯了，不是這尊啦！」

□

「喂——美君，妳今天也沒去上學喔，要不要出來玩？」松仔對著手機說，他和阿育返回了市區之後，在一處公園中撥打電話給同樣沒去上課的美君。

「不了，我有老公了，以後不會再跟其他男生出去……」電話那頭的美君語音冷淡，一面說著電話，一面還細聲呢喃，像是和另一個人調情對話一般。

「這樣喔，阿育他也在耶，妳不是想找他嗎？」松仔這麼說，他聽見電話那頭氣氛有些改變，美君不再說話。松仔看了看身旁阿育。

阿育接過電話，說：「美君，是我啦，一起出來玩啦，叫阿世哥也一起來啊，松仔也想看看阿世哥。」

「喂！」松仔在一旁大叫：「幹嘛牽拖我啦！」

阿育又說：「阿世哥，你在聽嗎？我知道你在聽，我是眞的想跟你當面把話說清楚，那天不是我親美君，是美君親我，我躲也躲不掉；而且那時候她也沒遇上你，你怎麼可以這樣翻舊帳，這樣很沒風度你知道嗎？」

電話那頭發出一聲低沉的悶吭聲，跟著發出美君冷冷的聲音：「你們現在在哪裡？我過去。」

「就是書店附近那個公園……」阿育向美君說明了地點，還補充一句：「我跟松仔都對妳這個新男朋友很有意見啦，上一個跟上上一個還比較好，阿世哥不行啦，醋罈子一個……」

「幹嘛又扯到我啦！」松仔大聲抗議，阿育卻繼續對著電話那頭挑釁：「阿世，你有在聽嗎？你一起來，我一定要把話跟你講清楚，你……」

喀嚓一聲，美君將電話掛了。

阿育和松仔互望一眼，都有些緊張。松仔一路上聽阿育說美君持美工刀追殺他的過程，知道美君那守護靈阿世醋意極大，受了這樣的挑釁，必然赴約。

屆時衝突在所難免。

但那道行深厚的石大哥卻不在阿育身邊。

才二十來分鐘，美君便到了，她是乘坐計程車來的，阿育和松仔躲在大樹後遠遠望著計程車，只見到美君掏出鈔票付錢，也沒收司機找零，動作僵硬地開門下車，快步走入公園。

阿育和松仔見到美君身上穿著厚衣，還戴著寬大帽子和太陽眼鏡，知道是爲了遮蔽頭頂上那晴空朗日，儘管守護靈附著人身，不會受到白晝日照傷害，但旺盛艷陽對於習慣於夜晚出沒的鬼靈，仍有一定程度的嚇阻之效。

阿育和松仔見到美君在有著一片樹蔭遮蔽的座椅坐下，四顧張望，跟著拿出手機撥按，再跟著，阿育的手機就響了起來。兩人互視一眼，正緊張地盤算現身時機時，電話聲已經停止。

他們不由得打了個寒顫，見到美君轉向他們藏身之處——美君此時雖戴著太陽眼鏡，但他倆明顯感到美君太陽眼鏡底下那雙眼睛透出的殺氣。

美君緩緩起身，朝兩人走去。

「啊……妳來啦……」阿育與松仔緊張地繞出樹後，站在樹旁向美君揮手。

美君腳步加快，伸手進提袋中。

阿育和松仔心中害怕，仍然硬著頭皮堆起笑容，向美君打招呼。「你好呀，阿世哥……」

美君止住腳步，緩緩摘去眼鏡，她一雙眼睛是青色的。

松仔在見到美君青森凌厲的雙眼那瞬間，差點漏出尿來。

美君像是食人猛獸般朝阿育和松仔疾衝而來。

「不要怕……」阿育和松仔見到美君這副兇猛模樣，開始一步步地後退。

美君奔上他倆所在草坡，將手抽出提袋，高高揚起的手上握著一柄銳利水果刀，窮兇極惡地衝向兩人。

但當美君衝過阿育和松仔原先佇身的那棵大樹之際，突然如遭雷擊般地一顫，雙腿痠軟、跪倒在地。

她驚駭回頭，只見到那棵大樹底下，擺著一只背包；背包敞著，露出一截黑布毯子，毯子也微微揭開，露出石像一小角。

抖。

美君眼神與那石像對上，像是撞見惡貓的老鼠般受到極大驚嚇，想逃卻手腳發軟，渾身顫

「趁現在！」原本退開一段距離的阿育和松仔，連忙奔來，兩人一左一右，架住美君雙手，同時各自拿出一小把殘香桿子，抵刺在美君的手腕血脈上，只聽見美君淒厲一叫，全身更加無力，被兩人合力往樹下拖去，將她壓倒在那敞露石像的背包旁。

「天啊，被人看到了。」松仔哇哇怪叫，他注意到遠處有些散步老人似乎發現他們這頭怪異舉動。「要是被人誤會報警，我們就完了！」

阿育只好咬著牙、紅著臉，一手探進美君胸前衣襟裡，快速拉出那只小紅布袋，奮力扯斷繫繩，緊緊抓著。

他只覺得手中那小紅布袋像是生了刺般，不停竄動，使他手腕發出陣陣麻癢刺痛感；接著，他雙腿陡然無力、暈頭轉向，跪倒下地。

「阿育！」松仔急忙提起背包，湊向阿育，阿育手一鬆，小紅布袋落進背包裡，松仔趕忙蓋上背包、拉上拉鍊。

兩人按著背包，先是感到背包裡發出一陣凌厲衝撞，甚至伴隨幾聲廝殺嘷叫，然後漸漸寧靜下來。

「你們……在幹嘛啊？」美君呆坐起身，見到阿育和松仔蹲在一旁，按著一只背包，困惑

不解地站起，拍打起身上草屑，問：「耶？今天是什麼日子？爲什麼我們沒在學校……還穿便服？咦？我想起來了……是你們約我出來的對不對？」

阿育和松仔見美君神情、語氣都恢復成過往模樣，這才鬆了口氣，兩人癱軟躺倒在草皮上，相視一眼，哈哈笑了。

「你們笑什麼啦？咦？啊我的守護靈呢？」美君隱約還記得阿育伸手進她胸口，搶走她的小紅布袋，皺起眉頭瞪視阿育，罵說：「你爲什麼搶走我的守護靈？而且你動作很色耶！」

阿育掙坐起身，大聲對美君說：「妳不記得妳昨天差點殺了我嗎！」

「呃？」美君在阿育身旁坐下，歪著頭回想好半晌，這才啊呀一聲，說：「啊！對耶！我想起來了！爲什麼……我要那麼做？」

「全都是文傑那個白目亂吹牛，這根本不是什麼守護靈，我們是在養鬼，這些東西很危險；就連專業的法師都不一定養得好，何況我們根本不是法師！」阿育將石大哥向他說的那些道理，向美君說了一遍。

「對耶……阿世……我怎麼會把鬼當成老公呢？」美君緩緩回想這幾天自己心境變化，加上松仔敘述當晚他家慘遭惡鬼侵襲的經過，終於同意阿育這番說法。「我就覺得文傑不安好心，他自己想當黨主席，把我們當成手下來使喚，哼……松仔你快打電話，把他約出來蓋布袋。」

「好啊，這個白目把我害慘了……」松仔二話不說掏出手機，撥電話給文傑，他與文傑對話一陣，掛上電話，看著阿育和美君，呆呆地說：「他在哭耶，他還要我們去救他……」

「啊？他在哪裡？」阿育和美君有些驚訝。

「他在速食店吃漢堡……」松仔這麼說。

□

「我是短雞雞大帥哥，我要點一號餐、二號餐、三號餐、四號餐、五號餐、六號餐加個蛋！」文傑臉上掛著淚痕大聲點餐，佇在速食店櫃檯前，與可愛的工讀生對望半晌，眼淚再度在眼眶中打起轉來。

「……」阿育、松仔、美君來到速食店外，隔著玻璃窗戶，都清楚聽見裡頭文傑宏亮的點餐聲，他們見到文傑頂著一頭坑坑疤疤、狗啃般的醜陋髮型，上身穿著無袖白內衣，內衣上沾滿食物渣屑和一片一片讓可樂暈染過的痕跡，頸上胡亂結著一個大紅色領帶，還掛著好幾只小紅布袋。

文傑的下半身，是一條破破爛爛的西裝褲，左腳褲管剪到膝蓋以上，右腳褲管則堆在腳踝處，褲子拉鍊還是敞開的；他右腳穿著皮鞋、左腳穿著拖鞋。拖鞋看得見襪子，襪子上有一堆洞，有兩根腳趾伸出襪子破洞外。

「短雞雞大帥哥告訴大家，吃東西一定要乖乖付錢！」文傑哭喪著臉，嘴巴不由自主地叫嚷些怪言怪語。他懷中還捧著一個大豬公，那是他的存錢筒，大豬公半顆腦袋開了個洞，他伸手在裡面摸出鈔票結帳後，用雙腿挾著那豬公，雙手捧著堆滿在餐盤上的六份套餐，光是可樂就有六杯，蠕動返回座位，還學起公雞叫：「咯咯……咯咯咯！」

所有人的目光都集中在他身上，他再一次感到了前所未有的羞辱感。

此時文傑座位周邊幾桌都是空的，沒有人敢接近他。這是他第三趟點餐，本來他的怪異舉動應該會被趕出去，但店長卻意外地容許他這樣用餐，店員也無可奈何地招待他。

「咯咯！」文傑蹲在椅子上，像隻雞一樣地啄起餐盤上堆滿的食物，上一趟點餐他學狗進食，上上一趟點餐則是學豬吃東西，所有的人見到他這次學起雞來，也感到意外，都猜測他下一次要怎麼吃，不少客人早已用完餐食，卻還逗留在用餐區，就是想要繼續欣賞文傑的怪異舉動。

「咯咯，短雞雞大帥哥吃炸雞，咯咯咯咯！」文傑翹著屁股，雙手擺出翅膀撲拍狀，一面淌流著屈辱的眼淚，一面啄食著散落一桌的漢堡、炸雞、雞塊、薯條。

那六杯可樂嘩啦一聲讓文傑撞倒落下，灑得一地都是，文傑咯咯叫著，雙掌不停撲拍，作勢「飛」下椅子，在地上打起滾來，喊著：「短雞雞大帥哥要游泳！」

「蝶式、自由式、狗爬式、仰式、蝶式……」文傑在地上那灘可樂中撲騰狂游。

「……」阿育、松仔、美君在外看傻了眼，連笑都笑不出口。好半晌美君才開口說：「天啊，我不敢進去找他，太丟臉了……」

「石大哥說的沒錯，果然會讓他後悔一輩子……」阿育呆愣愣地說。松仔則是又撥了一通電話給文傑。

「是誰？」文傑一聽到電話鈴聲，唰的一聲從可樂泳池中站起，從內褲裡掏出手機，大聲喊著：「究竟是誰找短雞雞大帥哥？」他按下通話鍵的一刻，突然又能夠自己說話了，他嗚咽地說：「喂……嗚嗚……你們在哪裡，快來救我……咯咯！我是短雞雞大帥哥，你好！嗚嗚……松仔……救我……咯咯！」

阿育嘆了口氣，步入速食店。

松仔和美君只好也跟了進去，文傑看見三人，眼淚再也無法控制地泉湧流出，但他的嘴巴仍然不停「咯咯」地叫，還伴隨著嗚咽聲。阿育伸手到文傑胸前，將幾只小紅布袋自他的頸上取下，文傑身子一僵，終於停止一切滑稽動作，他顫抖著，將身子緊縮在椅子上，鼻涕眼淚淌得整臉都是，好半晌後總算開口：「對不起……我錯了……」

三人見到一向囂張跋扈的文傑，此時像個委屈的受虐兒般落淚道歉，本來積了滿肚子想臭罵他的惡言惡語，一時也說不出口，只默默替他收拾一桌雜亂餐點，將哭個不停的文傑帶離了速食店。

□

四人聚在公園中的草坡上，此時文傑已換上臨時買來的新衣，戴著一頂鴨舌帽掩飾他那慘不忍睹的髮型；他臉色慘白地抱著膝蓋，一聲都不吭。

「石大哥，你會不會出手重了點……」阿育低聲向掛回他胸口的小紅布袋這麼說。

「這臭小子搞的事情，是會鬧出人命的；我沒讓他在學校裡出醜，已經有留餘地了。」石大哥冷冷地回覆，此時他的聲音，所有的人都聽得見。「你們幾個也一樣，碰了不該碰的東西，要付出代價的……喂！戴眼鏡的小子，離我遠點！」石大哥發現捧著背包的松仔走近他幾步，連忙出聲喝止。

松仔吐了吐舌頭，看看懷中的背包，知道石大哥也同樣害怕背包裡頭的東西。

「我已經付出過代價了！」阿育趕緊說：「我那天晚上在松仔家很慘啊，差點把胃都吐出來了、而且我還被美君追殺，我是最無辜的一個，從頭到尾我都沒想過要養鬼……」

「我也付出代價了，而且還是第一個，我爸現在還在醫院，我的弟弟妹妹都嚇病了。」松仔也搶著說。

美君連忙也說：「我也是……我……我差點就被色鬼抓去冥婚了……」

「你們記住教訓就好。」石大哥悶哼一聲說：「剩下最難纏的那一個，你們說，該怎麼辦？」

大夥兒看看彼此，都想起此時仍在學校上課的小筑。

石大哥說，小筑留在病房裡，看照她重傷母親的小紅布袋裡，裝著的不是一般的鬼，而是身懷百年道行的狐仙。

06 鬥狐

在天近黃昏的時候，四人抵達了小筑媽媽所在醫院。

「大家記得我們說好的計畫吧。」石大哥出聲這麼問。

「記得！」四人緊張不已，在夕陽的映照之下，空氣中夾雜著幾絲詭譎氣氛。

「我要你們在小筑放學來探病前，將那傢伙處理掉，你們知道爲什麼嗎？」石大哥問。

四人都搖了搖頭，他們不知道。

石大哥默然半晌，這才說：「那個狐大仙是有一套，小筑她媽的身體確實有些起色；但如果我們趕跑了狐大仙，她媽媽身體會變得如何，就很難講了。」

「什麼？」四人聽石大哥這麼說，可面面相覷起來，都想倘若小筑趕來探病時，發現媽媽的情況惡化，肇因於他們驅走了守護靈，那這朋友可能很難再當下去了。若小筑媽媽有什麼三長兩短，過程中讓醫護人員發現他們的所作所爲，結果也十分嚴重。

「不能等她媽媽身體完全康復之後，再動手嗎？」松仔這麼問。

「你們沒見識過狐仙的厲害。」石大哥說：「狐仙當中有很好的，也有很壞的；我感覺得出來，小筑媽媽身上那隻是個壞狐仙——她現在身體好轉，是那狐仙施法撐著，讓大家以爲她身體好了，再拖下去，那狐仙會吃了你們同學媽媽的魂魄，你們希望自己媽媽被一隻狐狸精掉包嗎？」

「當然不想。」四人一齊搖頭。

「吃了媽媽的魂魄，壞狐仙會滿足嗎？當然不會。壞狐仙會乖乖當個媽媽嗎？當然也不會。」石大哥繼續說：「他下一個目標，就是你們的小筑同學了。」

四人聽石大哥這麼說，深深吸了口氣。

「但是……」松仔仍然有些顧慮。「但是醫院裡的醫生跟護理師，都不知道我們上去是要救小筑媽媽，要是出了差錯，所有的人，還有警察，都會認爲是我們……」

「那你們走吧，我跟小弟去就行了。」石大哥冷冷地說，阿育心中雜亂，無法做出決定，但他的手腳又不聽使喚了，只能大搖大擺地進入醫院。

「石大哥能救我們，應該也有辦法救小筑媽媽吧。」美君喃喃說著，也跟了上去，松仔便也隨即跟上。兩人轉頭看看文傑，見到文傑仍然遲疑不肯動身，美君有些惱怒說：「黨主席，整件事情都是你帶頭搞的，你如果不來幫忙，到時候出事，被警察抓起來，我一定全推到你身上，你爸爸絕對會上新聞喔！」

文傑這才無奈地跟上，松仔對他說：「你很氣石大哥吧，但是你仔細想想，石大哥其實是救了你一命……」

美君接話說：「對啊，我們其實根本不懂養鬼，我跟松仔都差點沒命，如果石大哥沒有替你收伏身上那堆怪鬼，哪天你怎麼死的都不曉得。」

「哼……」文傑不想爭辯些什麼，他徹底明白這守護靈沒他想像中那麼好養、也沒那麼乖巧聽話。他早已嘗到苦果了。

四人走進醫院，來到小筑媽媽病房前，按照先前的計畫——

文傑一馬當先推門進房。

這間病房中本來另有三個病人，但這兩日都因爲其他原因，紛紛轉到其他病房，病房中只剩小筑媽媽一人，或許是狐仙不願其他人打擾，施展法力所致。

文傑不愧流著政客父親的血液，儘管前一刻還消沉喪志，到了該表現的時候，仍然精神抖擻、嘿嘿笑地對小筑媽媽說：「伯母妳好，我帶班上同學來看妳，大家都是小筑的好朋友，這位是美君、松仔、阿育……」

「你們好啊。」小筑的媽媽頭上仍然綁覆著繃帶，右手和左腳都打著石膏，手上還吊著點滴，面貌看來臉色紅潤，微微笑著向眾人打招呼，她問：「小筑怎麼沒跟你們一起來啊。」

「小筑去替妳買晚餐了，晚一點才到。」文傑轉頭向三人笑著說：「我說的沒錯吧，小筑的媽媽跟小筑一樣美。」

「對啊。」阿育笑著點頭，來到病床另一側，從塑膠提袋中拿出一碗麵線，結巴地說：

「這是……我們替伯母妳買的……晚餐。」

「對啊。」松仔笑著點頭，揹著背包，緩緩地晃到門邊，停下腳步，望著小筑媽媽笑。

「對啊，眞美眞美。」美君笑著點頭，來到窗邊，雙手負於背後，也朝小筑媽媽發笑。

文傑嚥下一口口水，有些不安，他明顯感到除了他以外的三人，演技實在太差了，使得氣氛變得十分詭異，他們的計畫或許會因爲拙劣的演技而失敗。

「你們不是說小筑去替我買晚餐了，怎麼你們又替我買了晚餐？」小筑媽媽笑著問。

「剛剛他講錯了啦，我們一起買晚餐，小筑另外去買水果，要我們先帶過來給伯母吃——麵線涼了就不好吃了嘛！」文傑替阿育修正口誤，且向阿育伸出手，接過那碗麵線，用湯匙在碗中攪了攪，舀出一勺說：「伯母，我餵妳。」

「眞乖。」小筑媽媽微笑，在文傑將盛著麵線的湯匙遞來時，只是嗅了嗅，卻沒張口，笑著說：「等涼點再吃。」

文傑立時鼓著嘴巴吹了吹湯匙中的麵線，說：「不燙啦。」

「我現在不餓。」小筑媽媽臉上的笑容漸漸褪去。

「小筑要我們餵伯母吃晚餐，怕伯母餓著肚子，對傷勢不好……」阿育在一旁情急之下，竟脫口說出這個怎麼聽怎麼牽強的理由。

大夥兒心中暗叫不妙，麵線裡摻有阿育和松仔在小廟裡取得的香灰，小筑媽媽態度如此，或許已經發現麵線中的古怪，等於識破了他們此行目的。

「伯母……」阿育正想說些什麼來加強自己所持理由的說服力時，突然身子一顫，雙手不受控制地一伸，強力按上小筑媽媽雙肩。

「餵她吃麵——」

這聲音並非出自阿育口中，而是實實在在石大哥的聲音。

石大哥要來硬的了。

美君拉上病房窗簾、松仔急忙關上房門。

「喔！」文傑見阿育臉色驚慌，動作卻確切肯定，知道是石大哥決定硬來，便也顧不得眼前這婦人是小筑媽媽，硬著頭皮舀起一勺麵線往小筑媽媽嘴巴塞去。

小筑媽媽鼓嘴一吹，文傑只感到一陣腥風撲面，再睜開眼時，手上的湯匙都飛沒了。只見到阿育全身發顫，壓著小筑媽媽雙肩的手卻異常有力。

「發什麼呆，用灌的！」石大哥下令。

「你們想幹嘛？」小筑的媽媽面露怒色，揚起未裹石膏的那手，掐住阿育頸子，轉頭朝文傑猛一瞪，本來氣質漂亮的面貌一下子猙獰可怖，一雙眼瞳子青亮豎立，鼻子發尖，口中利齒凸冒，果然一副狐狸模樣。

「哇！」文傑讓小筑媽媽瞬間變臉的模樣嚇得一顫，整碗麵線撒出一半，急急轉頭向美君喊：「幫忙——」

阿育雙手不受控制，本來顧及眼前可是心上人的母親，且是個帶傷的婦人，猶自擔心石大哥這般粗暴的動作十分不妥，但跟著感到小筑媽媽身上發出的凶烈氣息，見到她狠辣目光，和頸上那激痛掐抓感，這才稍稍收起擔憂。

眼前這婦人身上的狐大仙，果真厲害得不得了。

美君抓著一把殘香桿子奔來支援，刺在小筑媽媽掐著阿育頸子的手腕上，只見她手腕處漫出一股焦臭煙霧。

小筑媽媽鬆開手，向後一仰，又用未裹石膏的那腳將阿育踢開，跟著倏地自病床上彈跳起身，整個人飛蹦到另一張病床上，惡狠狠地環視眾人，看看守在門旁的松仔，似乎察覺得到松仔懷中那只背包藏有玄機，便轉而看向窗戶。

「守住窗戶！」石大哥喝喊，阿育直接越過病床，衝至窗邊，阻住想要破窗逃走的小筑媽媽。

狐狸精附在小筑媽媽肉身上，便無法像鬼靈一般穿牆了，石大哥的戰略很簡單，就是無論如何，先將狐狸精逼出小筑媽媽的肉身再說。

小筑媽媽伏低身子，動作面貌都像隻惡獸，而非那慈藹母親，她朝阿育猛撲而去。

「喝——」阿育身子一顫，低頭卻見到自己腹部探出一個寬闊男人的後背——

石大哥探身而出，舉起雙臂抵住小筑媽媽的衝勢，阿育見到石大哥那後背滿布凶惡符紋和一道道奇異縫紋，像是受過無數次巫術苦刑般。

「原來你這野鬼也有道行，難怪搞一堆把戲；你爲什麼要跟我們作對？」小筑媽媽尖聲吼叫著。

「臭婆娘，去妳媽的！」石大哥此時的兇狠也不遑多讓，他連爆粗口，雙手揪著小筑媽媽的頭髮猛力揪甩，力道之大，使得阿育都看不下去，慌張提醒著：「石大哥，那是小筑的媽媽……」

「還不給我滾出來！」石大哥才不理旁人叫喚，他掄起拳頭一拳摜在小筑媽媽小腹上，將小筑媽媽打得跪了下來，另一手仍然緊揪著小筑媽媽頭髮不放，一拳一拳朝她的肚子上打。

「哇……這……」文傑等都看傻了眼，他們未經石大哥開眼、看不清石大哥面貌，僅隱約見到一雙若有似無、半透明的精實胳臂，在狂毆小筑媽媽。

「石大哥，你會把伯母打死！」阿育慌亂地伸手亂抓，但他的手卻觸不到石大哥的身子，僅能眼睜睜地看石大哥一拳拳砸在小筑媽媽的身軀上。

突地大家都聽見了小筑媽媽喉中發出的那記怪聲，跟著，見到一股黃綠色的光霧，從小筑媽媽的眼耳口鼻中噴洩而出。

「快咬住香屁股、搽香灰粉！」石大哥疾聲提醒，松仔、文傑、美君趕緊各自拿出一捆殘香桿子，用口咬住，跟著又各自從口袋中的小袋裡捏出香灰粉，抹在自己的額頭、太陽穴、人中、喉頭和雙掌心，以防止讓這狐狸精轉附上身。

「小老弟，你搽個屁，給我抹掉！」石大哥發現阿育也照他口令這麼做時，急急喝阻。

「對喔！」阿育想起石大哥附著他的身體，要是自己也搽抹香灰，可要把石大哥給震飛了，趕緊一把抹去額上香灰，不停拍著手，將手上香灰也拍淨。

「松仔，抱緊你手上那東西，沒我的口號別亂扔。」石大哥厲聲吩咐著松仔。

「我知道！」松仔連連點頭應答，將手中的背包抓得更緊。

自小筑媽媽體內飛脫而出的黃綠色光霧在空中盤旋一陣，復又往癱軟在地的小筑媽媽身軀衝撞。

「喝——」石大哥一聲暴喝，一記巴掌甩去，將那黃綠色光霧打得飛彈甚遠，鑽入牆中不見了。

「快把她媽扶上床，搽香灰粉！」石大哥下令，文傑、美君等趕緊趕來幫忙，七手八腳地將小筑媽媽搬抬上床，松仔也擠來幫忙，又讓石大哥斥退：「你負責守門口，別來湊熱鬧！」

就在美君捏出一把香灰，正要往小筑媽媽額頭上抹時，床頭正上方牆面，突然冒出一雙半人半狐的怪爪子，將美君一把掃開，跟著左右按住小筑媽媽腦袋，將小筑媽媽往牆面上拉。

一旁阿育也同時出手，雙手壓住小筑媽媽的肩頭，胸腹間同時冒出石大哥的雙臂，緊握那雙半人半狐的怪爪。

「動作快——」石大哥的聲音暴響如雷。

美君雖給掃倒在地，文傑緊接跟上，將一捆殘香桿子塞入小筑媽媽的口中，跟著在小筑媽媽額頭、人中、喉頭處都抹上香灰，他還要抹太陽穴，但狐仙怪爪緊按著小筑媽媽腦袋兩側，文傑索性捏了小撮香灰，撒在狐仙怪爪上，只聽見一聲獸嚎，怪爪便鬆開了。

石大哥的雙手仍緊抓著那怪爪不放，猛一使力，將這遁入牆中的狐狸精又拉回病房，再轟地一巴掌狠狠甩在這妖異怪狐臉上。

阿育也沒閒著，手上抓著一捆殘香桿子，不停往狐仙臉上亂戳助陣。

這狐仙一雙爪子讓石大哥緊緊抓住，和石大哥扭打纏鬥，又讓阿育拿著殘香桿子亂刺一通，雙眼都給刺得睜不開了，只能不停哀嚎：「救我——救我——」

石大哥愣了愣，突然喝問：「你向誰求救？」石大哥這麼問時，又突然想起方才這狐狸精開口說話時，曾問過「為什麼和我們作對？」這句話。石大哥感到不妙，恨恨地罵：「大家小心，狐大仙不只一隻。」

石大哥語音未歇，房門轟隆一聲給撞開，松仔被撞得滾倒一旁，衝進房的正是小筑，小筑一臉狐疑，一見房內情景，登時變了張臉，眼瞳射出凶惡精光。

「嘖！」石大哥咬牙罵著：「這隻才是我說的難纏的傢伙！難怪，我就覺得奇怪，狐大仙怎麼變弱了……」

「你們……」小筑拋下了手中的提袋，小筑的及肩長髮飄揚起來，身子飄浮騰空，病房中的燈光閃爍不已，大夥兒隱隱可見小筑身上重疊著一隻凶惡黑狐身影，且狐狸的尾巴不只一條，而是三條。

「天啊，這間醫院都沒人嗎？快報警啊！」文傑等本來都盼著在病房外的人尚未察覺病房騷動前，快速解決這件事；但此時見那惡狐尚未受伏，就連小筑也讓另隻道行看來更高的黑狐附體，一下子全慌了手腳，士氣登時潰散。

「哼哼，不會有人來打擾的。」

石大哥冷笑說，原來文傑身上那些守護靈——包括王同學在內的幾隻野鬼，早被石大哥收編成了手下，此時也沒閒著，而是遵照石大哥的指示，將這間病房外幾條通道全守著，凡有人上來，便迷了他們，將他們驅進無關緊要的廊道或者房中，讓他們體驗一下一生難逢的鬼打牆。

小筑能夠來到病房，則是因爲這道行深厚的大黑狐根本不將攔路鬼放在眼裡，隨手便打飛一隻。

「小筑！」阿育正擔心著浮於半空的小筑，下一瞬間，小筑就已經朝他竄來，小筑的身上泛冒著黑氣，一雙眼睛也變得漆黑，眼白都瞧不見了，小筑鼓嘴一吹，一股黑霧朝著阿育迎面吹來，石大哥連忙鬆開抓著黃綠色狐狸的爪子，反手摀住阿育的口鼻，同時揮出一拳打向襲來的小筑。

阿育讓石大哥摀住了嘴巴鼻子，仍然感到迎面吹來的那黑霧是那樣的熱辣疼人，他趕緊也屏住氣息，胡亂揮動著手上的殘香桿子助戰，但那殘香桿子本來就短，握在手中僅露出不到五公分。

小筑一撲而來，將阿育壓倒在地，揮手和石大哥纏鬥，她惡狠狠地說：「你是何方神聖，來跟我搗亂？」

「我非神非聖，只是無名野鬼，和妳一樣讓這些小孩招了，小孩子貪玩，別和他們計較，放過他們，好嗎？」石大哥一隻手讓小筑抓著，小筑的力量勝過先前那黃綠狐狸不少，五指緊緊掐入石大哥手臂裡。

文傑、美君等想上前幫忙，無奈力量和這些狐狸精相差太遠，松仔尚趴在地上摸找摔落的眼鏡，他沒了眼鏡，眼前誰跟誰都分不清楚。縮在一旁喘氣的黃綠狐狸精吹出嗆人風霧，將大家嗆得連連咳嗽，口中的殘香桿子幾乎都要咳出來了，頭上的香灰也要給吹飛。

「香灰沾口水就不會被吹掉。記得保護她媽。」石大哥還不忘提醒，跟著出手反擊，揮臂亂打，時而探身出來，用腦袋硬撞。文傑、美君便也依言捏出香灰，沾上口水，加強自己與小筑母親身上的香灰保護力。

「你不是我的對手！」小筑憤怒說著，她騎跨在阿育身上，一時之間卻奈何不了這個在阿育體內鑽來鑽去，猶如地鼠般的野鬼。

「狐大仙，我的確不是你的對手，但如果你不用眞身，只用小女孩的肉身，要打死我，大概要打一整個晚上！」石大哥奮力迎戰，雙臂讓小筑抓出一條條血爪，淌流著污黑鮮血。

「想死我成全你！」小筑尖聲一吼，身子蹦彈騰起，黑霧噴冒。

小筑摔落下地，黑霧卻停留在空中，愈漸清晰，果然是一條墨黑色的三尾大狐，這大狐的眼睛又細又長，猶如兩道血疤，卻放射出駭人紅光。

「小弟，我打不過他，只好躲起來了，你委屈點，我會保你的命。」石大哥苦笑說，未等阿育答話，又喊：「松仔，是時候啦！」石大哥這麼喊的同時，將一雙負傷手臂全縮回了阿育身子裡，再也不動聲色。

松仔雖仍然沒尋回眼鏡，但已等待許久，一聽石大哥叫喚，便鬆開了緊抱在懷中的背包，探手入袋，將裡頭那黑布毯子一把拉開。

「呀——」那黃綠色狐狸當先察覺不妙，倏地就往癱在地上的小筑身上竄去，卻又怪叫一聲，彈開老遠，原來美君和文傑見到黑狐衝離小筑身軀，卻不敢上前拉人，只好暗自將拆散的殘香桿子混著香灰拋撒在小筑身上。

那黃綠狐狸吃了悶虧，再想伺機發難，已經來不及了，牠感到一股強烈的凶氣衝來，尙未回神，腦袋已經讓那背包罩住，跟著發出了尖銳淒厲的慘嚎叫聲。

背包落下時，黃綠色狐狸的腦袋已經沒了，身子漸漸化散。

那大黑狐本掐著阿育，欲伸手揪出那個邀牠出戰卻又躲進阿育身軀中的石大哥，牠和黃綠狐狸同時感到那股莫名的衝騰殺氣，這才停下了手，轉頭便已見到一只背包從黃綠狐狸的腦袋上落下，背包裡頭滾出一尊數吋高，十餘吋長的石像。

那石像卻非當時阿育自小廟中取出的神像，而是雕成獸狀，似貓似狗，也瞧不出究竟是什麼獸。

人黑狐鬆開阿育，轉身凝視著那尊獸雕石像，神情如臨大敵。

小小一尊石像上方，漸漸幻化出一頭大獸。

「這是什麼？」「獅子？」「不……比較像是……」眾人看不清那大獸真身，僅能隱約見到獸形光芒。

大獸發出低沉吼叫。

是獅虎吼聲。

「啊——」美君尖叫一聲，只見石像化出的獸影，倏地縱身撲向黑狐。

黑狐飛閃開來，反倒騎坐在那大獸背上，三條墨黑大尾纏上大獸身軀，掄動著黑霧爪子在那大獸背上扒抓。

「他們在打架耶！」「這是老虎嗎？」

大夥兒見到病房中一狐一獸的激烈大戰，可都看得目瞪口呆。

「現在小孩連虎爺都不知道！」本來已經躲入阿育身子裡的石大哥，突然出聲說話。那與黑狐纏鬥的虎獸，聽石大哥說話，登時昂起頭來，目光射向阿育身子，像是發現了新獵物般。

石大哥不再吭聲，阿育等這才知道石大哥雖然早已掙脫小紅布袋的禁錮法術，但還是執意附在自己身上的原因，就是要在放出虎獸石像時，避避風頭。

「原來是虎爺啊！」松仔好不容易摸回了眼鏡，戴上一看，又聽石大哥說話，腦袋裡浮現過去長輩傳述的印象片段。

眼前這個與大黑狐狸精搏鬥的大虎獸，便是民間相傳的神獸虎爺，虎爺又稱下壇將軍，是土地神巡視地方時的坐騎，又爲驅除惡鬼的先鋒神將。當時阿育自廟中取出神桌上那尊神像，本要包進那能夠掩蓋殺氣、撒上木炭碎粉的黑布毯子中，卻突然覺得這神像與石大哥託夢所述的樣貌不太一樣，他這才想起，石大哥所述的石神像並不在桌上，而是供在桌下凹坑中。

此時觀戰四人全讓眼前的激戰震懾得無法動彈。他們見到那大黑狐本來凶烈的氣息讓虎獸周身綻放出的五色光芒掩蓋過去；本來騎在虎獸背上的大黑狐狸給那虎獸一爪子扒倒在地，三條尾巴轉眼給拽落兩條，紛揚的黑毛在空中化成霧氣。

大黑狐狸的細長眼睛，受了虎爪一掄，變成了一個血洞。

「呀——」大黑狐狸發出了尖銳的嗥叫聲，轉身要往小筑的身子裡鑽，餘下的一條尾巴卻讓虎獸一口咬住。

「幫忙！」阿育見大黑狐狸的爪子搆向小筑的腳，陡然回神，他自口袋中捏出一把香灰，奔上前朝那黑狐一把撒去。

大黑狐嚎叫著，香灰沾上了牠的黑毛，發出了燐燐火光；又沾上牠臉上的血洞，像是在傷口上撒鹽般讓牠疼痛難當。

大黑狐反身一扒，一爪子往阿育臉上抓來，阿育根本看不清這記猛扒，他僅能見著臉龐旁伸出的兩條滿布血痕的臂膀，替他捱下這一擊。

黑狐這一扒力道甚大，竟將石大哥整個身子都拉出阿育身體，阿育這才看得清楚，石大哥竟是赤身裸體的，他的下半身同樣布滿那凶惡符紋，石大哥在半空中掄著拳頭，一拳拳往黑狐鼻子上打，還抬腳一記重踏，踏在那黑狐臉上讓虎獸扒出的大血疤上。

黑狐發出憤恨的叫聲，鼓動雙爪噴發出陣陣黑霧，阿育等只覺得嗆鼻難受，他們瞇著眼睛，就見那虎獸綻放著彩光，穿破層層黑霧，竄到了大黑狐面前，突然站定，兩條後腿踩地立起，一雙虎掌高高騰空，發出威猛虎吼。

黑狐驚恐嚎叫著，轉身要逃，砰地臉上又捱了石大哥一拳，硬是讓石大哥給打回虎獸面前。

轟——虎獸一雙大掌合掌一拍，牢牢扒住了黑狐肩頭，巨大虎爪深深嵌入黑狐肩肉裡。

黑狐還沒來得及反應，長長的狐嘴已被吼到面前的虎嘴咬下。

虎獸再下一口，將黑狐整個腦袋都咬沒了。

沒了頭的大黑狐，身子化成一陣黑霧，漸漸消散。

至於阿育等人，早前便讓黑狐噴發出的黑霧嗆得暈頭轉向、迷迷糊糊，都沒有瞧清那虎獸咬死黑狐的經過。

「小弟，起來啊！」

阿育恍惚之中聽見石大哥這聲叫喊，微微回神。

在他清醒瞬間的眼中，見到的那幅畫面裡，石大哥面向著他，作勢朝他撲來。

在石大哥背後，則是兇猛撲追上來的巨大虎獸——

這一幕畫面深深烙印在阿育腦海裡許多年，他每每回想起這一幕，心中只有自責——自責自己並未及時迎上前，讓石大哥躲回他的身中躲避虎獸追擊。

而是在迷糊之中，被石大哥的面容嚇得向後退了一大步。

石大哥鼻處是一個黑洞，洞中似乎鑲著什麼古怪東西；口部無唇，直接露出上下兩排森白牙齒，每顆牙齒上都刻印著怪異符紋，與他整張臉上的墨青條紋連成一氣；石大哥的眼眶是兩個漆黑的洞，其中塞著兩個狀似紅棗的東西；石大哥的額頭齊中裂開，裡頭塞著銅錢和符籙。全都是當年那個壞師公的傑作。

當阿育下兩秒回過神來，意識到他應該往前迎接石大哥時，虎獸的大掌已經掃上了石大哥的身子。

阿育清楚見到，虎獸的大掌，扒入石大哥腰腹中。

然後扒著石人哥往嘴裡送，一口啣住了石大哥胸膛。

「不要，石大哥是好鬼——」阿育尖吼著衝上前想向虎獸搶回石大哥。

但已慢了一步。

虎獸叼著石大哥竄過阿育面前像風一樣地化散消失。

阿育呆立在沒有虎獸也沒有狐狸精的病房中、站在漸漸消退的光霧裡，久久不能自已。

他清楚地記得石大哥消失的前一刻，那張奇異的臉上看不太出表情，僅隱隱流露著悵然。

07 志願

「政治，是治天下人之事，我的志願是將來去我爸的辦公室當助理，累積相關經驗，等到時機成熟了，投入選戰，贏得選舉，議員、立委、縣市長、總統，一步一步向上，替更多的人服務。」文傑宏亮地說，還不忘補一句：「大家記得到時候投我一票啦。」

「吃大便啦！」「媽啦，鬼才要投你！」「你很噁心耶。」班上同學發出一陣不屑的噓聲，還有人說：「只要你出來選，我叫全家都投你對手！」

「一群愚民……」文傑氣呼呼地坐下，這堂是作文課，題目是「我的志願」，老師有事晚到，班長林欣欣受命上台維持秩序，一面點名讓大家抒發己見，發表「我的志願」。

大部分被點到名的同學，都是隨口敷衍，只有文傑大發議論，暢述胸中大志。

「我寧願當愚民，也不要當短雞雞帥哥。」松仔隨口答腔。

「你又提！」文傑對那些「吃屎啦」「噁心耶」的噓聲一點也不在意，但是一聽見「短雞雞帥哥」就要發飆，他氣得追打松仔，松仔個頭雖矮，但跑起來挺快，在教室中跑給文傑追，直到林欣欣憤怒叫罵，這才各自回座，還隔著座位互相挑釁，文傑見到松仔拍動雙掌，學雞啄食的樣子，氣得露出滿額青筋。

「咦……我？」小筑接著被點到名，害羞地起身，支吾半晌說不出話，在數月前的那日惡鬥之後，她媽媽的身體並未如先前阿育等人預期的可能會因爲狐狸精離體而情況變糟，反倒漸漸地康復——

她並不知道這是因爲當初兩隻狐仙野心甚大，他們的目標不只是小筑媽媽，而是小筑全家；爲了這長遠計畫，兩隻狐仙倒是耗費一番法力，治癒小筑媽媽幾處較爲嚴重的傷害，其餘的骨折、皮肉傷害，便不礙事了。

在班長林欣欣的要求下，小筑只好說：「不知道耶，我……我當護理師好了。」

美君接在小筑之後被點名，她和班長林欣欣隨口胡扯，就是不願好好回答，氣得林欣欣說要報告老師，她這才說：「那我當老師好了，如果讓我當老師，我每天都要叫班長去掃廁所。」

林欣欣不悅地反問：「爲什麼班長就要去掃廁所？」

「到底妳是老師還我是老師，如果我當上老師，當然我說了算！」美君扠著腰說。

「妳坐下啦……」林欣欣不想再和美君鬥嘴，跟著指向阿育，阿育仰靠著椅子沒站起身，隨口說：「我喔……我要當消防隊員啦。」

「站起來講啦。」林欣欣皺著眉說。

「厚，煩耶……」阿育站起身，卻又不知道要講什麼了，他說：「就是消防隊員啊。」

林欣欣問：「爲什麼要當消防隊員？」

「救人吧……」阿育隨口應著。

林欣欣又問了幾句，也問不出什麼東西，便要阿育坐下，叫起了松仔，松仔想了半天，說：「我……我也從政好了，文傑加入什麼黨，我就加入相反的那一黨；文傑選哪一區，我也去選那一區；選不上沒關係，我會拍廣告嗆他，讓他選不上！」

「我支持你。」「我一定投你。」大半同學都支持松仔這個提議，松仔又說：「你們都不問我要拍什麼廣告喔？」

「你要拍什麼廣告？」美君答腔問。

「我要拍的廣告，場景在速食店，有一個很奇怪的人……」松仔說到這裡，又將文傑激得彈跳離席，衝去追打松仔，松仔一面跑，一面反問：「我又沒提『短雞雞帥哥』這幾個字，我有說嗎？有說嗎？」

阿育看著兩人追鬧，也跟著笑了幾聲，他心中有千言萬語，卻無法用嘴巴講清，他提筆在作文簿上寫了幾個字，他的文筆也不好，寫來寫去，也僅僅只能寫下——「我將來要當一個消防隊員，因爲有一個跟我非親非故的大哥哥，曾經救過我，那個大哥哥姓石，是個不錯的人……」

「他叫我不要喊他守護靈，但是最後，他眞的成爲了我的守護靈，救了我跟松仔、文傑、美君、小筑，還有小筑的媽媽……」阿育寫到這裡，有些遲疑是否該將「守護靈」三個字直接寫出，且倘若老師問起這件事，他又該如何回答呢？他思索半晌，索性將整句塗去，咬著筆再想其他句子。

他看向窗外，思緒又飄回到那一天。石大哥騰空毆打大黑狐狸精的身影深深烙印在他腦海裡，他會牢牢記住自己曾經見過這樣一幕，他期許自己一直追隨著這個身影。

將來在某個需要他挺身而出的時刻，他能夠不再遲疑。

姊姊

01 偷一把骨灰

入夜熄燈後，納骨塔樓中漆黑一片。

小潔終於推開女廁隔間廁門，自漆黑女廁踏向漆黑納骨塔廊道。

從窗外透入的微光及牆面上某些電器光點，讓小潔勉強能夠在陰暗廊道中扶牆前進。

她害怕這個地方。

但她不得不來。

她覺得如果自己不做些什麼，那麼或許無法平安度過最後一年高中生活——

她會忍不住從校園高處躍下，在地板上炸開一圈血花；那樣一來，她就能擺脫以謝安盈爲首的同學們的欺凌了。

她大致明白謝安盈針對自己的原因。

謝安盈愛慕許久、那才華洋溢的學長，在畢業前拿著情書走進他們教室，當著大家的面將情書交到她手中。

當時她除了錯愕和害羞之外，完全無法做出任何反應。

學長在教室外助陣吶威的友人拍手叫嚷下，瀟灑離開。

當時小潔並不知道的是，除了她對學長這大膽行徑感到錯愕之外——同班的謝安盈一樣錯愕且羞惱。

謝安盈是班上甚至校園裡的風雲人物之一，和那學長同樣才華洋溢、功課優異，且有個有錢老爸，不但同學們聽她的話，就連老師們都極端疼愛她。

畢竟她老爸是學校家長會裡重要金主之一，學校裡不少新建設施，若少了謝爸爸資助，規模可會縮減許多。

謝安盈愛慕學長多時，與他共同代表學校參加過不少文藝比賽，替學校奪得不少獎項；兩人在通訊軟體裡，有密密麻麻的聊天訊息。

暑假前幾天，學長和謝安盈在通訊軟體裡，曖昧地討論著某些情話語句，他向謝安盈請教如何寫出一封動人情書。

他透露，畢業當天，他會做出一件讓大家吃驚的事。

因此當謝安盈遠遠見到學長在同學簇擁下，捏著情書走進他們班上時，她以爲那封情書是屬於自己的。

結果不是。

謝安盈其實早就聽說學長這三年在校園裡就像是座活體行動發電廠，他的視線、他的談吐，就連他隔著螢幕的訊息裡的一字一句都帶著電，電迷許多同學學姊學妹，因他意亂情迷，爲他淚濕衣襟；但她以爲自己不同，她覺得自己和他等級相同、天造地設。

結果不是。

學長走至謝安盈的課桌椅前，揚了揚手上那情書，朝她微微一笑，電力十足，謝安盈激動地站了起來，眼睛裡閃動星星，差點就要伸出手去接了。

但學長並未停下腳步，而是繼續往前、往前、往前，走到小潔桌前，喊了小潔名字，將情書遞給她。

「我喜歡妳——」

學長用青春校園愛情電影的風格，喊出這句話，還朝她深深一鞠躬，然後嘻嘻哈哈地在教室外助陣同學拍手叫好下，瀟灑離去。

當時的小潔羞得蜷縮成一團，緊緊捏著情書，不敢看任何人。

她甚至不敢拆開那封情書，直到回家之後，躲進房間，才羞紅著臉慢慢細看學長對她的甜言蜜語。

高中二年級的她將同一封信，反覆地讀了又讀、一讀再讀，偶爾照照鏡子——她有張清秀可愛的臉蛋，但和班上的謝安盈比起來，她就像是女王身邊的小婢女一樣。

她不明白爲什麼學長會跳過學校裡一朵朵校花、班花，將情書交給一年被稱讚不到幾次「可愛」的她的手中。

她陷入嚴重的困惑和意亂情迷，過了幾天之後，她才鼓起勇氣，將信裡學長留下的通訊帳號，加入自己手機。

正式開始與學長聯絡。

她在校園裡總是安安靜靜，但隔著手機螢幕，話倒是挺多，她反覆問學長，爲什麼看中她，學長的理由也直白了當——

「不曉得耶，就覺得妳是我的菜呀。」

一星期後，她就與學長私下見了面，聽學長當面對她告白，她羞紅著臉點頭同意。

第二次約會，她仰著頭、踮著腳，接受了學長那記長吻。

第三次約會，她讓學長將手伸進了她的衣領中。

接下來的第四次、第五次、第六次約會，一次又一次的約會，總是讓小潔覺得彷如置身天堂，兩人在約會結束後，總會擁抱許久才告別。

小潔每次在回家途中，仍然會感到如夢似幻，彷彿身處美夢中。

暑假第二個月開始，美夢破碎了——

學長向小潔提出分手，理由是他覺得他們不適合。

小潔事後發出一切訊息，學長全部不讀不回。

從美夢墜回現實的小潔，行屍走肉了一個月，她的家人甚至沒有發現她從戀愛到失戀之間的變化——她和家人一點也不親，她的父母早早便過世了，一名遠親看在她父母留下的遺產的份上，勉爲其難收養了她和她姊姊。

她和姊姊個性都內向，與那遠親和遠親孩子始終熟絡不起來，只知道他們始終不習慣家中多出了自己和姊姊；除了每晚同桌吃飯外，平時幾乎沒有什麼話可以講；那遠親倒是早將話挑明了——等兩姊妹成年之後，分得父母留給她們的各自那份遺產，就該離開這個家，開始獨立生活了。

姊妹倆也不反對遠親這提議，安安靜靜地待在那個不是自己家的家裡，等待長大的一天。頭兩年，姊妹倆很快適應了這樣的生活，畢竟她們有一間獨立的雙人房，關上房門，就是姊妹倆的世界，她們可以一起笑、一起哭、一起聊著過去的點點滴滴和對未來的一切憧憬。

但沒兩年，姊姊因爲一場交通事故，意外過世。

那時小潔還是小學生。

當時表哥用以安慰她的話，竟是說這麼一來，她成年之後，可以連同姊姊的遺產一起獨吞了。

那是年幼溫吞的她，第一次在遠親家中發起脾氣。

表哥在遠親阿姨斥責下，不甘不願地向小潔道了歉，但往後小潔與遠親一家的隔閡更加深許多，她總覺得自己像是家裡的隱形人——其實她在學校裡也像個隱形人，功課平平、才藝平平，長相或許堪稱可愛，因此得到學長的青睞。

她偶爾瀏覽學長的社群網頁，見到學長上傳一張張與新女友的合照，望著他新女友貌美如花的面容，終於隱隱明白，自己在學長心中，只是暑假期間的一道甜點而已。

學長不缺大餐，只是偶爾想嚐嚐甜點——尤其是那種用手點點鼻子和酒窩，就羞得滿臉通紅的小甜點。

因此當她跟學長頻繁約會，所有一切都被學長吃乾嚐盡之後，那種牽牽小手、摟摟肩就嬌羞得不得了的小甜點特質褪去之後。

這道甜點就失去唯一的價值了。

於是學長回頭尋找新的大餐，且轉眼就找著了。

小潔在暑假後半期，度過了心靈上的地獄。

開學之後，踏入校園裡的眞實地獄。

謝安盈總是用一種望著仇敵的眼神望著她，與謝安盈友好的同學，有志一同地排擠她——幾乎是全班。

班上同學有些本便是謝安盈的好友或者跟班、有些本能地西瓜偎大邊、有些則是忌憚謝安盈勢力龐大，即便覺得不妥，也只能消極配合。

總之，小潔在班上不再是隱形人了。

她變成全班公敵。

她的課本、書桌上時常會多出許多噁心的塗鴉和字句，有些字句低劣到描述出她身體某些隱私特徵——

學長毫不避諱地對謝安盈述說與小潔約會甚至發生關係的種種細節。

謝安盈也將這些細節轉述給姊妹們分享。

謝安盈曾試探地問過學長，同校期間，學長爲什麼沒有看上自己，學長的回答，似乎成爲謝安盈恨透小潔的其中一點。

其實謝安盈也稱得上是班花等級了，但沒有學長現任大餐美；她功課好、才藝多，但那些才藝，學長也沒有特別看在眼裡，因爲學長身邊，多的是這樣的男孩和女孩。

就連她的爸爸，也比不上學長爸爸。

也就是說，謝安盈在學長眼中，就像是高級餐廳裡的廉價菜，進了餐廳也不會點的那種，相反地她缺少了小潔這種「甜點」特質；因此擁有絕對選擇權、吃撐了高級餐廳高級菜的學長，本能地跳過謝安盈這道高級餐廳廉價菜，選擇小潔這道甜點。

開開心心吃了幾回。

然後重新找新的餐廳，點最高級的菜。

小潔在這彷如地獄的新學期裡，默默無語地承受著一切的調侃和嘲諷，她沒有將學校裡的事情告訴她的遠親和遠親的孩子，因爲她知道他們根本不在乎；她那白目表哥說不定會反過來調侃取笑她。

她每晚躲在被窩裡流淚、抱著姊姊留下的玩偶流淚，她不明白自己做錯了什麼，而要遭受這樣的磨難。

一週一週過去，小潔面臨到的霸凌也日漸升級，從口頭上的冷嘲熱諷，到了肢體上的折磨。

她偶爾會被桌椅通道間突然伸出的腳絆得跌倒、上廁所時會被自門外潑入一桶髒水。

老師自然會開口訓誡那些偶爾欺負得過火了的同學，但從沒謝安盈的份——因爲謝安盈完全不需要自己動手，她有一個又一個的小姊妹圈、學長學弟騎士團，搶著替她效勞；她頂多偶爾在與小潔擦身而過時，丟下一兩句「聽說妳三個禮拜就被玩膩了。」「會不會是因爲妳屁股上有隻妖怪？」。

她左臂上，有塊紅色胎記。

姊姊說那塊胎記，像隻小熊，還替那小熊取了個名字「笨熊」。

她毫無保留地將自己的一切都告訴學長，學長也毫無保留地分享給大家。

就在小潔瀕臨崩潰之際，想起了一件事。

那是姊姊還在世時，曾經認眞計畫過的一件事——

找回過世的爸爸媽媽。

方法是用一只空瓶，盛滿幾樣草藥，以及最重要的——爸爸媽媽的骨灰，經過一段特殊招靈儀式之後，在瓶中滴入自己的鮮血，便能將爸爸媽媽的魂魄招進瓶中，帶回供養——這方法據說是姊姊同學家中長輩祖傳祕術，有沒有用，她們也不知道。

畢竟這個計畫後來她倆並未付諸實行，因爲當時年幼的兩姊妹，並沒有那麼大的膽子遠赴外縣市，闖入納骨塔竊取骨灰。

但現在情況不一樣了。

找回姊姊，似乎是身處地獄的她，唯一活下去的希望。

和永無止盡的霸凌相比、和從樓頂躍下相比，深夜的納骨塔似乎不那麼可怕了。

小潔從與姊姊生前同住的房間裡，翻出姊姊的遺物，找出當時那招魂計畫的筆記本，筆記本裡的第一頁，就只寫著三個字——

守護靈

小潔在這個假日之前，蒐全了招靈所需的材料，向遠親聲稱要上同學家住一晚，然後獨自來到了收藏姊姊骨灰的納骨塔，趁著管理員下班之際，躲入女廁，一直待到深夜，確定管理員離去之後，這才出來。

她循著過去掃墓時的記憶，走過一排排高聳納骨櫃，來到姊姊的專屬櫃前，用從管理室偷來的簡易鑰匙打開櫃門。

當她見到骨灰罈上的姊姊照片時，眼淚嘩啦啦地落下。

她一面落淚，一面按照筆記本上的步驟，在狹窄的骨灰櫃小道裡，擺了個招魂陣，捧著瓷瓶坐在陣中祝禱半晌，跟著起身，小心翼翼地揭開骨灰罈蓋，伸手進罈裡捏了把骨灰倒進瓷瓶裡。

最後不忘用針刺破手指，滴入幾滴鮮血。

然後將現場收拾乾淨，帶著瓷瓶自一樓廁所小窗離開納骨塔，找了間網咖窩了一晚，最後若無其事地返家。

□

接下來的日子和前幾週一樣，謝安盈小圈圈、騎士團們的霸凌似乎永無止盡。

唯一不同的是，小潔懷抱著一個小小的希望。

那個小瓷瓶。

她的姊姊。

按照筆記本上的說法，魂魄被招入瓶中之後，會沉睡一陣子，跟著才會慢慢甦醒，這段期間每日早晚都要揭開瓶蓋滴血餵養，這樣瓶子裡的「靈」，才會認得餵養她的主人。

自然，小潔並不想當姊姊的「主人」，反而將姊姊視爲救星，她一點也不害怕用美工刀或是針頭割指滴血——在這之前，她好幾次差點割腕了。

直到取得瓷瓶的第七天的夜裡，小潔夢見了姊姊。

夢中姊姊的形象模模糊糊，但一身打扮和過去相差無幾，小潔在夢裡撲進姊姊懷裡哭訴從接下學長那封情書至今的種種委屈。

姊姊靜靜聆聽，時而哀傷嘆息，溫柔地輕撫著小潔的頭髮，最後對小潔說：「以後姊姊不會再讓任何人欺負妳了。」

夢裡姊姊說話的聲音如夢似幻，隱隱還有些回音。

02 反擊

小潔踏進教室時，心頭忐忑不安，她按照夢境裡姊姊的吩咐，將小瓷瓶藏在書包中帶入學校，陪她一同上課。

她不確定那夢是真是假，但仍照著做了。

跟著她花了一上午的時間，確定了那場夢、那筆記本、那招魂儀式——全都是眞的——

企圖伸腳絆她的男同學，腳才伸出一半，就莫名抽筋，痛得哇哇大叫。

對她說些垃圾話刺激她的幾個謝安盈的姊妹淘們，一個個腹痛起來，先後逃入廁所上吐下瀉，還沒到中午就請假返家。

準備趁她如廁往裡頭灑髒水的兩個女同學，滑倒在地，整桶髒水淋了自己一身。

教室裡，那打算趁小潔上廁所往她書包塞垃圾的同學，則莫名地拐倒跌跤，額頭撞上桌角，血流一地。

雖然大家尚未意識到班上這些抽筋、跌跤、腹痛，與動手欺負小潔之間的關聯，但幾個最積極動手的傢伙們都出事了，剩下來那些跟風敲邊鼓的傢伙，便也未主動找小潔麻煩。

小潔結束了下午的課程，雀躍地返家。

不再受到霸凌，只是她開心的一小部分，更令她開心的，是那日思夜想的姊姊回來她身邊了。

她不再孤單了。

她回家第一件事，就是取出瓷瓶，刺血餵養姊姊；同時翻閱筆記本，詳讀守護靈的後續餵養照料之道。

「咦？」她的目光停留在筆記本某一頁上，那頁角落，寫著四個紅字——

不要相信

最後那個信字，並沒有寫全，底下的口只寫了一豎，還差了兩筆。

小潔望著那四個紅字微微發愣——這本筆記本是當年姊姊親手寫的，全用同一支藍色原子筆，這陣子她翻閱了無數次，從未見到有紅色的字。

「不要相信誰？」小潔呢喃自語，自然沒有得到回答。

這晚，她再次夢到了姊姊，她開心地拉著姊姊的手，像過去一樣蹦蹦跳跳，她太開心了，講述起今日學校裡那些趣事，但突然噗哧一笑，發現自己何必說呢，替她趕跑那些壞蛋的人正是姊姊呀。

不知怎地，夢裡的她，想起了那筆記本上的紅色字樣。

她問姊姊那四個字是否是姊姊寫的，如果是的話，是什麼意思？

她醒來時，對夢境裡一切對話，都記得清清楚楚。

她照著姊姊的指示，翻出一本全新的筆記本，在筆記本外，寫上四個字——

姊姊與我

然後將那舊筆記本順手扔進家中資源回收的紙袋裡。

據姊姊的說法是，當年她聽同學轉述那些招魂儀式和後續餵養方式時，年紀尚幼，沒記清楚、且轉述的同學自己也加油添醋了一些不必要的步驟和施術藥材——要是按照舊筆記本上的養法，可能會傷及她的魂魄。

姊姊要她稍微修改後續餵養方法。

再過一陣子，等姊姊的魂魄更加健壯時，便不用託夢，也能直接與她溝通了。

接下來幾週，小潔在學校裡的地位出現了天翻地覆的改變。

首先是本來像是隱形人的小潔，漸漸變得有自信許多了，她摘下了那副厚重眼鏡，戴上隱形眼鏡；本來臉上幾枚因爲巨大壓力生出的痘痘消失了；簡單的及肩長髮髮尾微微蓬鬆鬈曲，令她看來成熟許多。

又跟著，她開始懂得反抗那些欺負她的人了，她會踩過那些伸腳絆她的男同學的腳；她會大聲怒斥那些故意湊上來在她耳邊酸言冷語的謝安盈姊妹們。

「小潔，這次妳又想勾引誰？但會不會又被……」

「妳好意思說我，妳喜歡六班的李自強，主動倒貼人家都不要！」

謝安盈姊妹圈一號被說中痛處，激動地想甩小潔巴掌，卻被小潔伸手接下，大力甩開。

「小潔，聽說妳的內褲都舊舊的，還有破洞，不要問我是誰說的，其實妳知道，嘻嘻。」

「我也知道一件妳的事。」小潔面無表情，點點頭說：「妳在開學後兩個禮拜，去過來春診所。」

來春診所是家婦產科診所。

小潔湊近那臉色陡變的姊妹淘二號成員耳際，低聲地說：「孩子爸爸是誰，我也知道，只是我不想像妳們這麼過分。」

小潔的反擊，像是一柄柄利劍，劍劍刺中謝安盈姊妹淘裡每一位成員心中要害，許多祕密甚至是姊妹淘們彼此間都不知道的瘡疤。

但小潔都知道。

漸漸地，姊妹淘們不敢再招惹小潔了。

她們覺得小潔和以前不一樣了，不再沉默寡言、不再垂頭害羞，尤其是一雙眼睛，彷彿能看穿一切；她反擊時那銳利目光，像是一隻兇猛利爪般，牢牢掐著每個人的小把柄或大要害。

令大家訝異的是，本來畏縮矮小的小潔，運動細胞竟莫名其妙地發達了——某次體育課老師宿醉未退，懶散坐在體育館內，讓同學們自由發揮；不擅長運動的同學便三五成群閒聊、也有些同學自行組隊打球；過去從未碰過籃球的小潔，竟搶著報隊。

大夥兒並未拒絕她的報隊，是因爲謝安盈想挫挫她的銳氣，示意讓她上場，想找機會賞她一拐子，但小潔並未如大家想像般柔弱，而是屢屢靈巧輕盈地從謝安盈甚至是男同學手中抄下球，獨自遠投得分，或是傳給有空檔的隊友。

「哇靠！」原本那群謝安盈騎士團的男同學們，漸漸開始動搖了，他們或在場邊、或在場上，或者同隊、或者不同隊，或者是接到了小潔的傳球、或者被小潔抄走了球，心中都產生了同樣的悸動——動作靈活、面泛潮紅、滿額大汗的小潔，在球場上散發出前所未有的女性魅力。

後來小潔下課時，也會主動上學校球場和男生們報隊打球。

她的魅力從自己班級，擴散到了全校。

這段期間，她沒有對謝安盈說過一句話，甚至正眼沒有瞧過她一眼，反而令謝安盈對小潔的怨怒，提升到了新的境界。

小潔對謝安盈來說，不再是一個曾讓她出糗所以理所當然應該受她處罰的笨女孩；而變成了光芒漸漸耀眼的強大對手。

她開始主動召集姊妹淘，要大家集思廣益，想個整倒小潔的計畫——先前她只是明顯表示對小潔的不滿，幾句暗示，姊妹淘們便會自行出手，且將消息透露給愛慕謝安盈的騎士團。但現在騎士團們動搖甚至倒戈，姊妹淘們也都有把柄在小潔手中，對謝安盈的邀約提議感到有些爲難。

「可是……好多男生都不站在我們這邊了……」

「她現在好兇喔。」

「我怕她說出我的祕密……」

「安盈，不如請妳爸爸幫忙，妳爸爸應該有辦法……」

謝安盈對姊妹淘們的猶豫也感到很無力，她覺得本來在學校呼風喚雨的自己，一下子脆弱得什麼事都做不成了。

她當然不可能主動要求爸爸幫她欺負同班同學，即便她對爸爸謊稱受了小潔欺負，要爸爸替她報仇，那也得有憑有據——畢竟班上許多同學已經倒戈到小潔那邊——且小潔被寫滿污言穢語的課桌，還醒目地擺在教室。

謝安盈沒有那麼愚蠢，她很清楚粗糙的謊言絕不可行。

那麼大肆宣傳小潔被畢業學長始亂終棄的消息呢——似乎也沒有意義，因爲這消息在先前的霸凌中早已傳過幾輪了。

微妙之處在於——

這件事情因爲小潔形象的提升，讓小潔在這件事情裡的身分，從「被玩弄的笨蛋花痴」變成了「惹人憐愛的受害者」。

謝安盈無計可施，只能日復一日地看著小潔每節下課，在球場發光發熱，這讓她寢食難安。

因爲四班的余小吉，同樣十分喜歡打球。

余小吉和先前的學長同樣高大英俊，雖然功課不算頂好，但家世更加顯赫，在每月一次的家長會聚餐時，隨著父母一同與會的謝安盈和余小吉，總是成爲廳中同學群的目光焦點——因爲兩人爸爸的社經地位在家長會中，比其他家長會成員都高出一大截。

先前那風流學長畢業後，許多人開始流傳謝安盈和余小吉更像是天造地設的一對。

就連謝安盈自己也這麼覺得，反而慶幸當時學長那封情書是遞給小潔而非她，否則被那學長玩弄的對象，很可能變成自己；她和余小吉早在家長會聚餐上，便交換了通訊帳號，私下閒聊了一段時間，謝安盈時常暗示，希望畢業後能與余小吉持續保持聯絡，最好能上同所大學。

余小吉倒是有些爲難，因爲他知道自己的課業遠不如謝安盈，謝安盈考上的大學，他很可能考不上。

謝安盈說沒關係，他上哪間，她就上哪間。

謝爸爸竟然不反對謝安盈這古怪提議，反倒替女兒遊說起母親——因爲兩家爸爸站在其他家長會成員裡明顯鶴立雞群。

但余爸爸這隻鶴，更壯碩許多。

若兩家結下姻親關係，那謝爸爸的事業或許有更上一層樓的機會。

謝媽媽雖然覺得這做法不太好，但見丈夫女兒目標一致，也莫可奈何地接受——反正以謝安盈的成績跟身家，就算搭不上余小吉，轉學考取其他名校，也並非難事。

但近來謝安盈發現余小吉似乎漸漸注意到球場上那莫名冒出來的矮小卻耀眼的籃球女孩，兩人先在各自的隊伍裡活躍，跟著同隊的次數漸漸增加。

謝安盈在樓上遠望籃球場，他倆同隊傳接球後進球時的擊掌模樣時，感到自己悄悄在心中繪製的甜蜜計畫藍圖，似乎出現了變數……

不過實際上的情況，比她心中的擔憂更加殘酷。

在她還痴痴等候余小吉那未讀訊息的隔天，余小吉便帶著幾個嘍囉，來到小潔班上，揪起一個謝安盈所剩無幾的騎士團男同學，嚴厲警告他，要是再敢欺負小潔，絕對要他好看。

那傢伙個頭矮小、戴著厚重眼鏡、滿臉痘子，是以爲只要繼續幫忙謝安盈欺負小潔，就能得到親吻她鞋子的機會的白痴。

此時這白痴被余小吉揪著提起質問，嚇得連連搖頭，說他已經很久很久沒有亂畫小潔的課本跟課桌了。

余小吉來到小潔座位前，看著她那張被畫得亂七八糟、寫著粗言穢語的課桌和書包，神情盡是憐憫和不捨；他遞給她一個嶄新的書包，對她說：「這書包送妳，我現在去叫主任替妳換張新桌子。」他說到這裡，還回頭朝謝安盈冷冷瞪了一眼，然後環視全班。「然後我會列出一份名單交給主任，主任如果不處理，我會請我爸直接找校長談。」

余小吉這話說完，整個教室的氣氛如同凍結般，許多人都心虛地低頭吞嚥口水、或是發起抖來。

謝安盈感到自己彷彿置身在一場突如其來的暴風雪中。

「不……」小潔連忙接過書包抱在懷裡，拉了拉余小吉袖子，說：「別這樣，我不想把事情鬧大，大家都是好同學，現在已經沒人這樣對我了……」

「嗯，最好是這樣……」余小吉拍拍小潔的頭，領著嘍囉離去。

離去前又瞪了謝安盈一眼。

謝安盈低著頭，身子顫抖，眼淚在眼眶裡打轉——她這才明白，余小吉這陣子在通訊軟體上和她互動越來越少，時常丟下一句「我要認眞念書了」就結束兩人交談，是因爲和小潔私下聯繫上了。

而非她原本以爲余小吉當眞嘗試努力用功，考取和她成績更加接近的大學這種天眞想法。

謝安盈從余小吉兇狠瞪視她的目光裡，感到他已知道先前小潔受到的明槍暗箭的始作俑者是誰了。

她渾身顫抖，陷入前所未有的無助，她的耀眼光芒黯淡了、姊妹淘疏遠了、騎士團倒戈了、余小吉討厭她了……

她覺得自己一無所有了。

03 約會前夜

小潔下公車，往家中走。

她望過停在巷子裡一輛輛汽車車窗上自己的倒影，覺得有些陌生。

她尚未適應從一個「隱形人」變成校園風雲人物，又或者說，她並不想成爲這樣的角色；即便姊姊說這是能夠使她不再受到謝安盈那夥人欺凌的好辦法。

由於她按照姊姊在夢中口述的方法供奉姊姊一段時間，使得姊姊擁有足夠的力量在夢境外與她溝通，甚至「借用」她的身體替她完成一些她本來不可能辦得到的動作，例如從余小吉手中抄下球來，飛快傳給隊友得分。

當余小吉第一次對上小潔所屬隊伍，被小潔抄了幾次球，輸了那場比賽，卻一點也不記恨，反而死皮賴臉地向她討要起通訊軟體帳號。

——把帳號給他。

那時姊姊的提示簡單明確。

本來腦袋還反應不過來的小潔，聽姊姊這麼說，想也不想地將自己的帳號給了余小吉。

然後他們便聊了好幾個晚上，起初姊姊會在旁提示，偶爾她反應得慢、或是猶豫姊姊提示的話語會否有些露骨曖昧時，姊姊便主動替她打字送出了。

起初余小吉對小潔聲稱遭到班上以謝安盈爲首的同學們霸凌時，心中還有些懷疑；但他見到小潔傳來一張張被寫滿污言穢語的課桌椅和課本的照片，私下也派出幾位跟班暗暗打聽小潔遭受霸凌的始末緣由，這才相信那個每次在家長會聚餐裡，表現得高雅迷人、應對得宜的謝安盈，竟有糾眾霸凌同學的劣習。

「別怕，以後有我罩著妳，沒有人敢再對妳怎樣。」余小吉光是打字還不夠，還直接傳來這段熱血激昂的語音留言。

「看，我說的沒錯吧，以後有他保護妳，謝安盈再也不敢對妳怎樣了。」

姊姊當時在她耳邊這麼說。

但小潔聽著余小吉的語音、看著她——或者是姊姊與余小吉的對話記錄，心中卻是一片茫然。

在姊姊的提示或是主動打字下，他們的聊天記錄簡直就像是對飛速發展的熱戀情侶般——但小潔或許尚未從先前學長的陰影裡走出，又或者她覺得姊姊的步調太快、甚至摻雜了過多不是她眞心想法的語句，總之她並沒有很喜歡余小吉。

然而明天，她就要與余小吉進行第一次校外約會了。

自然也是姊姊主動作球，余小吉邀約，姊姊替她答應的約會。

「妳別怕，這次和上次不一樣了；有姊姊保護妳，天底下沒有一個男人敢對妳亂來，或是欺騙妳。」

姊姊這麼和她說。

她取鑰匙開了公寓大門，順手檢查了信箱，將裡頭的廣告傳單、繳費單據和信件等一一取出，隨手分類，登上電梯。

她望著幾封信件，不禁有些莞爾。

這是她這遠親家的表哥那熱戀女友寄來的手寫信件。

連她遠親阿姨都不敢相信，自己那自幼頑劣白目、時常忍不住說些惹人厭的廢話的兒子，交了個女朋友，像是變了個人般，老老實實地陪那個文青女孩手寫情書，還為了使手寫情書上的字跡看來端正，練滿一本又一本的空白筆記本。

她踏入家門，隨手將信件和繳費單據擺上桌，將廣告傳單扔入分類廢紙箱中。

然後進入自己房間，關上門。

她望著房中那連身鏡子發呆半晌——她想親眼見見姊姊和她認眞聊聊學校裡的事，她其實不想那麼耀眼，她沒有那種企圖和野心，過度的目光關注，會令她感到額外的壓力，她唯二兩個心願，便是不再受到欺凌，然後快點忘了那位將她當成點心享用的學長。

姊姊說，只要小潔持續用她教的方式餵養她，她便能夠在鏡中現身，而不用透過夢境相望對方模糊的臉。

小潔好想再見姊姊一面，畢竟她倆姊妹父母過世，被送往這陌生遠親家中時，面對冷淡的遠親一家，能夠依偎的，就只有彼此。

當姊姊意外離世時，對小潔造成的痛苦，可比學長巨大太多了。

她覺得自己像是失去了生命中最寶貴的東西般。

因此向來膽小，從不敢看鬼故事的她，一點也不畏懼姊姊。

因爲姊姊對她而言，不是電影裡那種「鬼」；而是至親、是她生命的一部分。

按照先前姊姊估算的日期，或許她倆今天就能夠在鏡中相見了——儀式所需要的道具她早已準備妥當，藏在床底箱中。

不過算算時間，現在還早，表哥表姊都還沒返家，晚餐時間還沒到，她不想讓遠親一家發現她私下供養著姊姊這件事，這肯定會讓懷抱虔誠到近乎偏執的宗教信仰的遠親阿姨大發雷霆。

「幹嘛？這麼想見到我？」

「是啊……」小潔用低不可聞的聲音說。

「再等等囉，現在時間也還沒到。」

「對喔……我都忘了，要夜裡十二點。」

「別急，現在正好來挑挑衣服吧。」

「衣服？」

「明天和小吉約會的衣服呀，妳忘了妳明天跟他有約嗎？」

「……」小潔默然幾秒，答：「我不知道……要穿什麼耶。」

「傻瓜，我替妳挑呀。」

小潔默默無語地揭開衣櫃，望著裡頭衣物，她從未認真學習過穿搭，甚至連與那學長短暫交往時，也未曾特地妝扮自己——

她低下頭，眼淚又滴答落下。

「小潔，怎麼哭了呢？」

「他……他說……」小潔一想起學長當時陽光爽朗地說謊的模樣，心中充滿不甘。「不喜歡我化妝、不喜歡我打扮……他喜歡最自然、最眞實的我……」

她事後從學長的社群頁面見到學長的新女友，年紀比學長略大些，打扮得就像是時下網美，塗脂抹粉、流行衣飾配件樣樣不缺；與她合照的學長穿著合身西裝，完全就是個出道的青春偶像男星，底下留言人人都稱他們是天造地設的一對。

她那時才明白，學長不讓她打扮，就是因爲將她定位成「點心」，而不是當成主菜。

點心就該有點心的樣子。

清秀、可愛，甚至外表看來比實際年紀還小些的她，就該維持這個樣子。

就好比主菜選定了頂級的鮑魚雞湯，誰會無聊到再點道普通的香菇雞湯當點心呢？

這也是學長跳過謝安盈選擇她的原因。

「唉……小潔，別再想他了，男人不就一個樣……來，我替妳挑幾件衣服、教妳怎麼化妝，保證明天迷死余小吉，有他替妳撐腰，以後學校再也沒人敢欺負妳了——總不能一直靠我讓大家拉肚子跌倒吧，會讓大家以爲妳會妖術喔。」

小潔聽姊姊這麼說，倒也覺得有些道理，要是每次霸凌她的人都出意外，或許眞的會讓人懷疑她偷偷練了什麼降頭邪術，她不想當明星，當然更不想被當成妖怪。

在姊姊指點下，她挑出一件件衣服，試換穿搭，偶爾挑到了姊姊的舊衣穿上，不禁又有些感傷。

姊姊便會說些笑話逗她開心。

她又哭又笑了一會兒，聽遠親阿姨喊吃飯，這才紅著眼睛出房。

「怎麼了？」遠親阿姨見到小潔像是哭過，隨口問。

「整理衣服的時候想起姊姊……」小潔這麼答。

「少來，明明就在想前男友啦哈哈哈！」表哥雖然認眞練字寫情書，但對女友以外的人說話，依舊白目到有剩；一面挾菜扒飯，一面看著手中情書，看到某些段落，還大聲朗誦，一點也不害臊。

「聽你說話我想吐耶！」同桌的表姊一點也不想聽自己弟弟和女友書信間那像是三流言情小說的綿綿情話，匆匆扒完飯便躲回房間繼續和男友視訊。

小潔與表哥表姊互動本便不多，興趣也沒有交集，一向只默默吃飯。

「啊？這啥小？」表哥揭開最後一封信後，怪叫一聲。

信封上沒有住址也沒有收件人，裡頭只一張白紙，寫著一句話。

「『她不是我，不要相信她』這什麼意思？這誰寄來的呀？」表哥愕然向媽媽展示那封信。

小潔抬起頭，望向那封信。

□

午夜十二點。

小潔房門鎖著、窗簾拉著，關上燈後，房間漆黑一片。

小潔全身赤裸，盤坐在鏡前望著鏡子——她整張臉和頸子，再到雙乳間和下腹，都繪上了奇異符籙。

符籙是姊姊操縱她的手替她畫上的。

「姊姊，我好想妳，我好想見妳一面……」小潔望著鏡子，四周黑得讓她連鏡中的自己都看不清楚。她用極低的聲音，背誦起姊姊教她的那三句咒語。

一遍又一遍地反覆誦念。

漸漸地，她覺得身子變得輕飄飄的，四周依舊漆黑，但她覺得自己似乎能夠看得見東西了——那並非是眼睛適應了漆黑之後的視覺效應，而像是一種新的視覺效果，雖然沒有正常視覺那樣鮮明清楚，但又比紅外線、熱感應等畫面具體一些。

她見到鏡中的自己，身上重疊著另一個人影，那人影長髮及肩，形象模糊，舉起手向她搖了搖。

「姊姊！」她忍不住向前一步，跨至鏡前。

「噓，別太大聲呀。」姊姊這麼叮嚀。

鏡中與小潔重疊的姊姊，伸起雙手，探出鏡外，和小潔雙雙一握。

「姊姊、姊姊，我好想妳，姊姊……」小潔立時就哭了，她激動緊握著姊姊的雙手，當年她和姊姊在父母剛離世、住進遠親家中時，常常在深夜手抓著手，在眼淚裡進入夢鄉。

姊姊過世至今，她終於再次握到姊姊的手了。

雖然這雙從鏡中伸出的手，和眞人觸感仍然有些許差異，但仍是她在夢裡無法體驗到的眞實觸感，是那樣地溫柔，甚至溫暖，並不如鬼故事裡形容的冰冰冷冷。

姊姊的手撫上她的臉，替她拭去淚水。

「別哭、別哭，姊姊之前說過，以後不會再讓任何人欺負妳。」

□

小潔睜開眼睛時，已是清晨時分。

她穿著睡衣，睡在床上醒來的，她只記得自己和姊姊昨晚聊了很久很久，久到幾乎忘記了時間，但後半段呢？

她掀起薄被下床，望著鏡中的自己，又揭開睡衣瞧瞧身子——她身上一點也沒有留下些許符籙痕跡，那用來寫符畫咒的工具、事後清潔的稀釋酒精，都已妥當收藏回床下箱中。

她見到鏡上留著張便條紙，取下來看，上頭寫著——

妳太累了，聊到睡著了，後續我幫妳整理乾淨，讓妳舒舒服服睡個好覺，打扮得漂漂亮亮出門與余小吉約會。

小潔這才明白，姊姊替昨夜鏡面會面儀式的後半段收了尾。

她見到書桌上整齊擺著昨晚姊姊替她選定的衣裙，和幾樣簡單的化妝品，甚至還留了一張簡易的保養流程，供她起床後照著做——

照姊姊的說法，姊姊目前儘管是她的「守護靈」，但平時也須休息，無法看照她全日；姊姊通常會在她出門上學時漸漸活躍，保護她在學校裡的安危，然後入夜之後，進夢中和她相見。

而她每日則固定在清晨起床時、放學回家後以及入睡前，在供養姊姊的小瓷瓶中，各滴入十滴血——

這餵養量比當初筆記本上記載略多些，當時筆記本上寫的是早晚各三滴即可；但姊姊在夢中對她說，放學之後增加一餐，每餐十滴，能讓姊姊體力更好，加速與她見面的時間，再經過一段時間之後，就能回復早晚三滴鮮血的量了。

小潔一點也不介意增加一餐或是三滴和十滴血的差別。

她只希望姊姊能夠永遠陪伴在她身邊。

她熟練地取出瓷瓶和細針，消毒用的酒精和衛生紙，突然想到昨晚姊姊是在她睡著後操使她身子替她收尾，那麼姊姊有沒有自行扎血餵養自己呢？

如果沒有，那不是少吃了一餐？

如果有，倒還挺好，表示她在捱那針扎時，是睡著的，少痛了一次。

她熟練地以消毒過的縫衣針，在手指上扎了三下，擠了二十滴血進瓶中，確保姊姊吃飽。

她花了點時間，按照姊姊留下的字條梳妝打扮，出門與余小吉會面，在搭車的途中，姊姊醒了。

她取出手機，按開記事本，打起字來。

她打一段，聽見姊姊回應，便將之刪去——在某些場合，她若不想讓人覺得她在自言自語，便會用這樣的方式與姊姊溝通。

她對姊姊說，如果姊姊不嫌麻煩的話，睡前那餐，乾脆由姊姊自行處理，她手指就不用多痛一次了，她會事先將縫衣針、消毒酒精跟止血衛生紙都準備好。

「好喔。」

04 窗外的女人

小潔望著公車車窗上自己的倒影十餘秒，陡然回神。

天色是暗的。

她取出手機看了看時間，晚上十點十五分，不禁愕然——太晚了。

雖說遠親阿姨並沒有明確規定門禁時間，且她表哥表姊各自交了男女朋友後，時常玩到三更半夜才回家，但安靜乖巧的她，過去幾乎放學直接回家，從未有九點過後才回家的時候。

她慌張地望了望窗外，街景有些陌生，她抬頭看了看公車路線圖，這是班她從未搭乘過的陌生公車——路線圖上確實有離她家較近的站點。

她開啟手機地圖，發現此時公車位置，距離她應該下車的站點，還有數站。

「姊姊、姊姊——」她緊張低聲叫喚半晌，卻得不到姊姊的回應。

她想了想，開啟手機記事本，上頭果然有姊姊的留言——

我怕妳不懂得應付男生，所以替妳說了些話，可能妳忘記了，我們玩得太晚，姊姊有點累了，休息一下，晚上可能沒辦法替妳扎針，妳得自己來喲……

小潔呆然地望著手機訊息，隱約想起今日與余小吉約會過程的點點滴滴。

可是一整天的記憶，片片斷斷、模模糊糊，像是作夢一般，但比正常夢境長得太多，她只記得自己與余小吉去了好多地方。

余小吉開朗外向，偶爾言行有些粗魯，對她倒是十分溫柔——余小吉差幾個月才滿十八，兩人是搭乘捷運和公車移動，聊了很多很多的話。

但具體的對話內容，她幾乎回想不起來。

她手機螢幕閃動了一下。

上頭是余小吉傳來的訊息——

喂，妳到家了嗎？怎麼這麼晚還沒回我？

「嗯？」小潔有些愕然，一時間不知該怎麼回答，點開與余小吉的通訊畫面，見到自己與余小吉前一段交談，是在兩個鐘頭前——

今天跟小潔約會一整天好開心，到家記得報個平安喔。

好喔。

她隱隱約約想起，她和余小吉確實在一家餐廳中共用了晚餐，她不記得自己說了什麼，也不記得余小吉對自己說了什麼，甚至連晚餐菜色都不大記得。

按照前一段留言推估，他們約莫在八點左右便道別了，自己清醒在公車上時，卻已過了兩小時。

這兩小時裡，又發生了什麼事呢？

她有些茫然無措，隨口敷衍了余小吉的訊息之後，低聲呢喃起來：「姊姊、姊姊……」但一直到公車到站，她下車走回家中，仍沒得到姊姊的回應。

她踏進家門，聽見表哥又在朗讀自己收到的情書內容、表姊和男友通著電話、阿姨自顧自看著電視，沒有人介意她幾點回家。

她默默地如廁梳洗後回房關門，頭髮溼淋淋地坐在桌前發了半晌呆，望見手機再次傳來余小吉的訊息，也提不起勁細看。

她想起自己回來得晚，晚餐還沒餵姊姊血，連忙從書包取出瓷瓶，翻出消毒酒精和縫衣針，按照慣例準備扎手擠血。

但她針尚未扎下，卻感到桌前窗戶猛地震動一下，那震動就像是有隻鳥兒什麼的撞上窗戶一般。

她揭開窗簾，嚇得魂飛魄散。

那是一個女人，披頭散髮，攀在窗上，面容像是被獸爪狠狠扒過般遍布裂口，且右眼窩只剩下一個血窟窿；上嘴唇裂成數瓣，下嘴唇竟整個給扯去，露出一排森森白牙。

小潔驚恐地要尖叫，但陡然驚覺自己叫不出聲。

她見到女人嘴巴張動，卻什麼都聽不見。

只聽見姊姊的聲音在耳際陡然響起。

「別怕，這是上次在納骨塔裡被妳的儀式引來的亡靈，有我在，她不敢對妳怎樣。」

小潔儘管驚恐至極，但此時她感到手腳都不屬於自己，不但沒有後退，反而向窗邊走近。

她看不見自己的表情，但感到自己嘴角擠出了笑容。

窗外那女鬼見小潔走向窗，驚恐退遠，消失無蹤。

拉上窗簾之後，姊姊便將小潔手腳還給她了。

「姊姊，怎麼回事……」小潔顫抖地問。

「別緊張，我慢慢解釋給妳聽，我有點虛弱，妳先餵我……」

「好。」小潔連忙捏針扎手擠血入瓶，一面聽姊姊解釋起來龍去脈——她當時在納骨塔進行招魂儀式時，過程出了點差錯，除了招來姊姊，也招來了些孤魂野鬼。

「我很早就發現那些亡靈跟上妳了，起初我怕嚇著妳，所以不敢跟妳講，但那些東西越來越過分……」

「那……那我們現在應該怎麼辦？」小潔緊張地問：「有沒有趕走他們的辦法？」

「有是有，但是……」姊姊的語氣有些猶豫。

「是什麼辦法？」

「有兩個辦法。」姊姊說：「一是找間靈驗的大廟，求點厲害的護身符，長期戴在身上，不過那樣子的話，我就不能接受妳的餵養，必須離開妳了……」

「什麼？我不要！」小潔連連搖頭。「第二個辦法是什麼？」

「第二個辦法，是……」

□

「瓶子？妳要買哪種瓶子？」

余小吉在週一放學後跟上小潔，向她搭話，聽她說今晚會晚點回家，想買個瓶子。

「嗯……」小潔有些心不在焉，說：「大一點的，但……也不要太顯眼，最好是不透明的……」

「要用來幹嘛的？」余小吉問。

「……」小潔一時不知如何回答，余小吉已經搶著問：「我陪妳去買呀。」

「……」小潔本來有些猶豫，但見天色漸漸暗了，想起前晚那恐怖女鬼的模樣，不禁有些害怕，雖說她此時書包裡仍帶著裝有姊姊骨灰的小瓷瓶，但身邊跟著個高大男孩，總是放心些，便點點頭，說：「好啊，謝謝你。」

他們來到一間百貨賣場，挑了個大保溫瓶，然後找了間速食店共進晚餐。

他們選在一個靠窗邊的位子，由於是晚餐時間，人潮略多，余小吉讓小潔先佔著位子，獨自下樓點餐。

「小潔，姊姊會離開一下，妳別怕喔。」姊姊的聲音突然響起。

「咦？為什麼？」小潔有些驚慌。

「我感覺得到，那亡靈在附近，我要去趕跑她，這次我要讓她好看，讓她再也不敢接近妳。」姊姊這麼說。

小潔深深吸了口氣，此時余小吉不在她身邊，姊姊又要離她而去，她心中害怕，但姊姊正是要去趕跑那恐怖女鬼，只好點點頭，說：「姊姊，妳要小心。」她說完，沒有得到回應，猜想姊姊或許已經離身而去了。

余小吉端著兩人份的餐點上樓，與小潔一同用餐，眼睛盯著小潔左手三指上的ＯＫ繃，邊嚼漢堡邊問：「我從剛剛就想問妳，妳手指怎麼了？」

「喔……」小潔望著左手三指，想了想，說：「不小心被美工刀割到了……」

「要怎麼割才會……割傷三隻手指呀？」余小吉忍不住噗哧一笑——小潔手指上的ＯＫ繃，分別貼在拇指、中指和無名指上。

那是昨晚，姊姊提出的第二個辦法——將姊姊養得更強壯些，她就有餘力趕跑那恐怖女鬼了。

需要更多的血。

「等等我還要去藥局，你……」小潔怯怯不安地問：「可以陪我去嗎？」

「可以呀，有什麼不行的。」余小吉問：「妳要買塗傷口的藥？」

「不是……」小潔搖搖頭，一時不知該怎麼回答這個問題——她要買針筒，或是點滴用的靜脈注射針。

方便取更多血。

「哦！我知道了——」余小吉自作聰明地說：「女生要用的生理用品，對吧，哈哈……」

他說到這裡，指指窗外說：「樓下就有藥妝店，吃完就陪妳去買。」

「不是不是……」小潔望著那藥妝店，搖搖頭，說：「不是那種藥妝店，是醫療用品店，稍微有一點點專業的東西，我家人託我買的……」

「好啊。」余小吉大力點頭，取出手機開啓地圖，檢視這附近哪裡有醫療用品店，突然說：「我覺得啊，妳有時候反差好大喔。」

「嗯，可能吧……」小潔也莫可奈何，姊姊在籃球場上的表現太耀眼了，且能言善道，但當姊姊沒替她作主時，她就變回原本那個沉默寡言的隱形人了，她只能說：「有些時候，我會一下子不曉得該說什麼，也會發呆，對不起……」

「不用道歉啦，上次妳有說過啊，妳姊姊過世之後，妳難過了很長一段時間。」余小吉哈哈笑著說：「妳說妳很孤單……」

小潔呆望余小吉幾秒，像是被說中心聲般，苦笑點了點頭。

兩人用完餐，轉往地圖上距離最近的一家醫療用品店。

「妳姊姊是什麼樣的人呀？」

「她很溫柔。」

「有她的照片嗎？」

「有呀。」

小潔取出手機，點開一個資料夾，裡頭是滿滿的她跟姊姊的合照，那時她姊姊年紀比她現在還小些，而她才小學三年級。

「哈哈。」余小吉看了幾張照片，說：「妳姊姊長得很可愛耶，跟妳一樣，個子好小。」

「啊？」小潔搖搖頭。「哪有，她比我高啊。」

「那時候妳還是小朋友啊！」余小吉哈哈大笑，指著一張小潔兩姊妹，與姊姊同學的合照。

姊姊身邊幾個女同學，都比姊姊高出許多，合照時還刻意微微躬膝彎腰，像是在配合姊姊身高一樣。

才小學三年級的小潔，自然更加迷你。

小潔呆愣愣地望著照片裡的眾人與自己和姊姊的合照，突然感到有種說不上來的不對勁。兩人抵達醫療用品店，小潔編了個理由，說是女性長輩要用的東西，要余小吉在外面等她一會兒，余小吉攤攤手不置可否。

十來分鐘後，小潔將購得的幾支空針筒和靜脈注射針收進書包，步出醫療用品店，一時竟有些不知所措——

姊姊還是沒有回來。

她該自行回家嗎？

「今天眞是麻煩你了，很不好意思，下次應該我請你吃飯。」小潔想不出理由讓余小吉繼續陪她，只好向他鞠躬道謝，準備轉往鄰近捷運站。

「一起走囉。」余小吉這麼說。

走著走著，余小吉突然伸手拉住小潔的手，將她的身子，從騎樓內側拉到了右側。

「怎麼了？」小潔愕然問。

「妳不是說妳很怕廟？」余小吉指著騎樓一旁一間不大不小的廟宇。「上次妳不是遠遠看到廟就要繞路嗎？」

「啊……對啊！」小潔呆了呆，姊姊雖是她守護靈，但終究是亡魂，自然害怕廟宇，先前姊姊若經過廟宇，便藏進小瓷瓶裡，但週六那天姊姊附著她身和余小吉約會，或許對廟宇有些忌諱了。

「我……我……」小潔一時也想不出如何解釋，只好加快腳步，隨口搪塞。「謝謝你提醒我，還保護我，我剛剛一下子沒看到……」

「哈哈，這又沒什麼。」余小吉追在後頭，說：「爲什麼妳怕廟呀？」

「我……我不喜歡香的味道。」小潔亂編起理由。「我氣管不太好，對線香有點過敏。」

「原來是這樣……」余小吉哈哈大笑，突然揚手一指隔鄰街道，說：「那條三順路裡面有戶人家，外表不像廟，但屋子裡像廟，擺一堆神像，還有隻貓好兇。」

「你怎麼知道呀？」小潔好奇問。

「那家主人會雕刻神像，也會修補神像。」余小吉說：「我爸有段時間很迷木雕，常花大錢買一堆神像來請劉老師修補——他說劉老師家養的貓很壯又很兇，有次他帶著尊值錢木頭去請劉老師雕像，看見劉老師家的貓追著狗咬。」他說到這裡，補充說：「好像是隻橘貓。」

「我只知道橘貓會長很胖，不知道橘貓會咬狗。」小潔讓余小吉逗笑了。

「你爸那麼喜歡木頭？」

「他說劉老師雕出來的木像很靈驗。」余小吉說：「能夠治鬼。」

「治鬼……」小潔呆了呆。

「對呀。」余小吉說：「我爸有一堆工地在開工，每次開工前都會弄塊木頭，請劉老師雕尊像，帶去工地壓著，說這樣吉利，也可以擋煞。」

「這些……」小潔抿了抿嘴。「我就不懂了……」

「我爸跟我說過很多劉老師一家的故事，說劉老師家不但神像能驅鬼，連他家那隻大怪貓都會驅鬼咧。」余小吉與小潔踏入捷運站，哈哈笑地說：「但我覺得他在唬爛我。」

小潔陪笑兩聲，腦袋裡一時想不出來一隻貓不但會咬狗，還會驅鬼，這算是什麼貓？

余小吉和小潔搭乘路線剛好相反，兩人在捷運站裡道別。

小潔剛步入車廂，便收到余小吉傳來的訊息——

到家要講喔，讓我知道妳到家了。

她望著這段訊息，不知怎地又落下淚來，腦袋轟隆隆地有千言萬語想對姊姊說，但她知道姊姊會怎麼答她，她在捷運一面抹著眼淚，一面按著手機，考慮良久，終於回覆余小吉——

我可以問你一個問題嗎？你們男生講的話，究竟哪一句是眞話，哪一句是假話？

余小吉不到十秒就回傳訊息——

誠實的男生會說眞話，愛騙人的男生就常說假話呀。

小潔又問——

那怎麼分辨誰是誠實的男生，誰是愛騙人的男生？

余小吉回——

我怎麼知道，我又不會讀心術，就像我反問妳，哪個女生會騙人，哪個女生不會，妳也很難回答啊。

小潔與余小吉有一搭沒一搭地亂聊，她不知道余小吉算不算誠實的人，但至少她目前稍稍感到，余小吉和學長，好像眞的有那麼一點點不同。

□

小潔步出捷運站返家，沿路有些忐忑不安，姊姊還是沒有回來。

她步入公寓，信箱是空的，想來是早回家的表哥拿上樓了。

她剛開門，就聽見表哥在房間和女友大聲聊天，跟著就是表姊的嚷嚷抗議：「小聲一點，都干擾到我了。」

「妳也沒很小聲啊！」表哥這麼嚷嚷，但仍稍稍放低了音量，像是在對電話那頭的女友抱怨。「這幾天每天都收到怪信，內容跟瘋子一樣，什麼叫『她不是妳姊姊，我才是妳姊姊』啦！什麼鬼呀！」

本來來到門前的小潔，聽見表哥這句話，陡然停下腳步。

她在門前呆愣半晌，轉身來到平時堆放廢紙回收的小紙箱前，拾起那封表哥口中的怪信——

她不是姊姊
我才是姊姊
她要害妳
別相信她

短短四行字，寫得歪七扭八，像是小學生練字一般。

她望著那張紙，靜默半晌，將信扔回小紙箱，返回房間，鎖上門，按照姊姊教的方法，將小瓷瓶裡的半瓶骨灰，倒入新購得的大保溫壺中——姊姊說平時依舊帶著小瓷瓶上下學，姊姊仍能跟著她；但往後餵血供養的儀式，就轉在這大保溫壺裡進行了。

小小半瓶骨灰，雖經小潔每日以滴血餵養，不但沒有結塊，反而仍成粉末狀；且也不是血液乾涸後的暗褐色，而是呈現鮮艷的紅色。

小潔望著一旁幾支針筒和點滴用的靜脈注射針，心中有些猶豫，姊姊說過，會在夜間代她抽血，不會痛。

她坐在床沿發了半晌呆，揭開衣櫃揀取衣物準備洗澡，她的目光停留在姊姊留下的幾件過往衣裙上；姊姊去世前，她才小學三年級，個頭矮了姊姊不少，但此時她已上高三，身高或許比當年的姊姊還高了些。

她摸了摸姊姊幾件舊衣，若有所思，跟著取了換洗衣物和浴巾進浴室洗澡。

蓮蓬頭的暖水灑在她臉上時，姊姊終於回來了。

姊姊的聲音聽來虛弱疲累，卻又夾雜著不甘。「又讓她逃了……」

「姊姊，妳被她弄傷了嗎？」小潔低聲問。「妳的聲音聽起來很累。」

「她打不過我，但是一直想將我往廟裡引，還硬拉我進廟裡……」

「什麼？她想把妳拉進廟裡，她自己不怕嗎？」

「她怕呀，一靠近廟，半邊臉都燒焦了……我差點被她拉進去，也被廟裡的神力燒著身體……」

「所以她燒死了……啊，不對，妳說她逃了……」

「嗯，她力氣本來就沒我大，一進廟裡發現拉不動我，又繞出來，反而被我拉住。」

「所以，她是怎麼逃的？」

「我扯斷她右手。」

小潔深深吸了口氣，有些害怕，急急忙忙地洗完澡回房，從床下取出那保溫瓶，揭開瓶蓋。

「姊姊，妳需要的東西我都準備好了。」

姊姊還沒回答，余小吉的訊息又已傳來——

妳到家了嗎？

她順手回了——

啊，抱歉，我又忘了先跟你說我到家了，剛剛洗完澡。

兩人又閒聊了幾句，結束了對話。

「你們進展得不錯。」姊姊聲音依舊疲累。

「姊姊，需不需要現在就餵妳血？」小潔低聲問，她覺得姊姊似乎也傷得不輕。

「也好……我現在眞的不舒服……別怕，我用妳的手幫妳抽血，不過……妳得先找條繩子把上臂紮起來……」

「對喔。」小潔想起過去上醫院吊點滴或是抽血檢查時，都會先用條軟管紮緊胳臂，但她買針筒時，忘了一併買軟管，只好從衣櫃翻出條細帶，那是姊姊一件紅色洋裝上的束帶，作用是穿上洋裝時束著腰身，但由於是紅色，姊姊過去也常單獨取下這束帶，結成蝴蝶結讓小潔戴在頭上玩。

小潔手口並用，用束帶紮實胳臂。

跟著她感到自己雙手動了起來，拆開針筒包裝，熟練地在她臂彎上輕拍幾下，跟著以沾著酒精的棉花幫皮膚消毒。

小潔撇過頭，望著窗，不敢看。

燈光突然激烈明滅閃爍，同時窗戶如上次般震動了幾下，似乎被震開了一條縫——

上次那面貌可怖的獨臂女鬼穿過窗簾，直舉著滿布裂傷的胳臂，五指大張抓向小潔。

小潔驚恐駭然，同時感到全身都不受控制，嘴巴也無法叫喊，飛快揚手掐住那女鬼脖子，一把將她按上床，左手不停搧那女鬼巴掌——身上有姊姊附著的小潔，能夠直接打著鬼。

獨臂女鬼則伸手一把牢牢抓住小潔的臉，小潔驚懼之餘，這才發現這獨臂女鬼的掌上，纏著一只符包，這符包將女鬼的掌心燙焦一片、直冒黑煙，手腕也被繞在腕上的繩結燙焦了大片皮膚。

下一刻，小潔發現自己能動了。

她見到一股紅光竄出窗外，本來被她壓在床上的女鬼也飛快鑽窗追上。

小潔在極短的一瞬間中，像是受到巨大震驚般，連叫喊都忘記了。

因爲她見到了「呆熊」。

□

姊姊再次返回她身邊時，已是一小時之後了。

這次姊姊的聲音更加疲憊。

「姊姊，這次……妳趕跑她了？」小潔怯怯地問。

「沒有……她……太纏人了……又想把我硬拉進廟裡……我追了她好久，還是讓她逃了……不過她也傷得很重，我猜這兩天她應該會安分點……」

姊姊再次附上了她的身，重複了剛剛同樣的動作，將靜脈注射針扎入小潔腕中，然後捏著連接注射針的軟管，將連接靜脈針的軟管，伸入大保溫瓶，直接將血引流至保溫瓶中。

小潔抱著保溫瓶關了燈，上床蓋被。

「別怕，姊姊會守著妳，等妳睡著，我會把針拔掉，替妳止血。」

「姊姊，妳記得呆熊嗎？又笨又貪吃，一天到晚流口水、汪汪叫……」

「記得呀，呆呆笨笨的狗狗，但是滿可愛的。」

小潔聽見姊姊這樣的答話，身子猛一顫，先前隱隱感到的某些不對勁之處，似乎漸漸拼湊成一件令她難以接受的事實。

「妳身子在發抖？妳很害怕？」

「對……」

「別怕，有姊姊在，不管是壞鬼還是壞男人，都無法傷害到妳……」

「姊姊，可以讓我在夢裡抱抱妳嗎？」

「當然可以……」

小潔在茫然和驚恐中漸漸進入夢鄉。

夢裡的姊姊面貌依舊朦朧模糊，和小潔一同躺在生滿鮮花的草地上望著夢中的日落光景。

小潔話少了許多，不時向姊姊討要抱抱。

姊姊抱著她，輕撫她的頭髮。

「姊姊會永遠保護妳。」

小潔沒有答話，輕輕摟著姊姊腰際。

05 呆熊與笨熊

小潔翌日起床，果然見到胳臂彎上貼著止血棉片，也替她將那大保溫瓶收進床下藏妥。書桌上，小瓷瓶壓著張紙條，上頭是姊姊的留言——

早上不必滴血了，以後晚上都讓姊姊自己來就行了。但姊姊昨天受了傷，現在有點累，在小瓶裡睡會兒，晚點睡醒才跟妳說話。

小潔望著字條，默然半晌，顫抖地提著書包出門。卻沒有帶走小瓷瓶——

「呆熊」不是狗，是姊姊腰間一塊胎記。

那時她倆剛住進這遠親家，夜夜相擁而泣，小潔時常作惡夢，在夢中哭醒。姊姊爲了安撫妹妹，照著鏡子在自己腰側胎記上，畫了張熊臉，說可以幫她吃掉惡夢；小潔左臂處也有一塊類似的胎記。

在那兩年間，兩姊妹不僅替那兩隻虛構出來的胎記熊取了名字，也替他們編織了許多小故事。

昨晚那面貌淒慘、衣著破爛的獨臂女鬼衝飛出窗前的瞬間。

小潔在女鬼側腰上，見到了呆熊——

那是塊一模一樣的胎記，甚至還殘留著淡淡的熊臉筆跡。

她在睡前刻意試探地問姊姊記不記得一天到晚流口水、汪汪叫的呆熊。

其實當年兩姊妹每晚天馬行空的虛構故事中，並沒有認真地研究熊該怎麼叫，便隨意設定讓他像狗一樣汪汪叫。

或許是「流口水、汪汪叫」這樣的形容，使「姊姊」猜測呆熊是條狗。

小潔在通往學校的路上，淚如泉湧，腦袋混亂到了極點。

她顫抖地拿起手機，打給余小吉。

「哇！好稀奇，妳主動打電話給我耶，我剛起床，還好妳打來，不然上學要遲到了，哈哈！」余小吉的聲音聽來確實像是剛睡醒般。

「對不起，我……我好害怕……」小潔哽咽地說：「今天你……能不能請假陪我，我現在不知道該怎麼辦？」

□

正中午，艷陽高照。

兩人茫然坐在公園樹蔭下一張椅上發呆，一旁還擺著速食店的食物空袋。

小潔哭腫了眼睛，她花了一上午的時間，將自己被學長欺騙、惹惱謝安盈、被全班排擠欺負、受不了所以偷了姊姊骨灰、煉出了守護靈的過程，一五一十地告訴了余小吉。

「原來啊……」余小吉呆呆望著天空。「難怪妳反差這麼大，之前都是妳姊姊附在妳身上跟我打球啊？」

「我覺得……」小潔說：「她不是我姊姊……另一個才是我姊姊……」

小潔這段時間偶爾冒出的疑惑，漸漸拼湊成了解答。

小潔的姊姊生前個頭或許比她現在還小了些，衣櫥裡姊姊的舊衣她都能穿，但她每次在夢中與姊姊見面時，面貌雖然模糊朦朧，但身形卻高她許多——她起初沒注意到這點，一來終究是夢，心神不如清醒時清晰；二來姊姊在世時，她還很小，她習慣抱著姊姊，窩在她懷裡哭，她記憶裡的姊姊和她確實有段身高差距。

但現在她長大了。

更重要的是，她在那可怕女鬼身上見到了呆熊。

但昨晚睡前，她刻意提及呆熊。

姊姊卻將呆熊當成了狗。

「難怪我覺得上次約會，妳好成熟，像是個大姊姊，一下子又像是小妹妹；啊！還有之前妳那麼怕廟，也是因爲這樣。」余小吉也回想著小潔這段時間的古怪矛盾。「妳姊姊過世時，年紀應該跟妳現在差不多大；妳說她以前沒談過戀愛，但現在又好像很懂男人……」余小吉說到這裡，突然東張西望。「妳『姊姊』睡醒之後，不會追出來吧……」

「我也不確定，但應該不會……」小潔說：「平常我都把小瓷瓶藏在書包裡，姊姊通常躲在瓷瓶裡，直接從瓷瓶裡附上我身——但今天我沒有帶瓷瓶，現在大白天，她睡醒應該不會出門找來才對……」

小潔想起昨夜那恐怖女鬼掌心上的符包，不禁又落下淚來。

「我覺得……她應該……才是我姊姊……不然爲什麼明明打不過『姊姊』，還硬要將『姊姊』拉進廟裡……」

余小吉拍著小潔肩膀安慰她。「如果妳那個假姊姊不會憑空蹦出來，那事情就好辦了。」

「怎麼……好辦？」

「妳還記得我昨天說住在三順路的劉老師嗎？」

□

小潔低垂著頭，端著茶杯，不住流淚。

半小時前，余小吉帶她來到了三順路上的劉老師家。

劉老師正工作，讓他太太劉媽招呼起這大客戶的小少爺。

劉媽起初以爲是那大客戶余爸爸派兒子來下新訂單，誰知道聽了個鬼故事，聽到小潔私自闖入納骨塔竊骨灰養守護靈時，連連搖頭。「小孩子胡鬧呀，這種事也敢做……」

余小吉替小潔辯解：「當時她走投無路了，謝安盈爸爸很大尾的，如果沒有那個假姊姊幫忙，她可能已經……」

跟著余小吉將故事的後半段也說完，且將兩人上午推測的結論一併說出。

劉媽靜靜地聽，偶爾發問，她聽小潔敘述「姊姊」教她的餵養方法，嘆了口氣。「妳如果繼續用這種方法餵她養她，她會一天天更習慣妳的身體，然後，她應該不會把身體還妳了。」

「什麼！」余小吉驚訝問：「劉媽妳的意思，是那假姊姊想搶小潔的身體！」他又說：「所以另一個女鬼，明明打不過假姊姊，卻想硬拉假姊姊進廟裡，我們都覺得那個女鬼……才是她的眞姊姊。」

小潔想到眞姊姊滿臉慘傷、缺眼少手，卻揪著燙手符包死命阻止假姊姊替自己抽血，就感到心痛如絞。

余小吉見小潔哭得傷心，便代她轉述這些天來，那慘烈女鬼死纏爛打的經過。

劉媽聽完余小吉敘述那可能是「眞姊姊」的女鬼慘狀，沉默不語。

「所以……」余小吉急著問：「我們現在該怎麼辦呢？那個假姊姊不離開，她沒辦法回家呀……」

「你覺得應該怎麼辦呢？」劉媽反問。

「能不能——」余小吉抓了抓頭。「請劉老師幫忙趕跑那假姊姊。」

「唉呦喂呀……你把我這裡當什麼地方啦？」劉媽哭笑不得。「我老公幫人修復神像、雕刻神像，不是幫人驅鬼的……小少爺，你以爲你爸爸訂單下得多，是大客戶，就可以隨便叫我們做這個做那個啦？」

「不是不是！」余小吉連忙搖頭致歉。「但現在情況真的很緊急，我們也真的想不出辦法，啊！這樣好了，我爸說劉老師雕出來的神像特別有效，能不能借我一尊，或是向你們買也行，但威力要夠強的，能夠驅鬼的！」

「要驅鬼呀……」劉媽打了個哈欠。「我是知道一個懂驅鬼的小子啦，不過聽說他最近跟個很厲害的老傢伙槓上了，現在是死是活都不知道……」她說到這裡，對余小吉說：「小少爺，你嫌錢太多向我家買神像也不是不行，但我直截了當地告訴你，我家這些神像，拿出我家門，就只是塊石頭或者木頭——神仙住在天上，不住在神像裡，懂嗎？除非執行特別任務，才會暫駐神像，只不過……」劉媽望了小潔一眼，搖頭苦笑。「妳主動招鬼、請鬼、養鬼，害慘了妳真姊姊，這罪過是妳自己造成的，要請大神仙出手幫忙，可能有點困難喔。」

小潔聽劉媽這麼說，低下頭來，茫然無措。

「但我看在妳也是被欺負的份上、看在妳可憐的眞姊姊的份上，我替妳問問吧……」劉媽嘆了口氣，朝陽台喊了幾聲，轉頭對小潔說：「大神仙沒那麼好請，小神仙或許可以借妳用用。」

「小神仙？」余小吉和小潔聽劉媽這麼說，彷彿得到救星般，但見自陽台走入客廳的，卻是隻壯碩大橘貓。

余小吉哇了一聲。「我爸說的會咬狗的貓就是他啊！」

「呿，咬狗算什麼……」劉媽站起身，自個兒走入陽台，點燃三炷香，對擺設在陽台上那小土地公神桌拜了幾拜，低聲祝禱好半晌。

大橘貓挺直前足，坐在余小吉和小潔面前，冷眼瞪著他倆。

「嗨！哈囉！小神仙你好呀。」余小吉故作大方地伸手想去摸那大橘貓，立時捱了大橘貓一爪子，嚇得縮回手來，盯著手背上那滲血爪痕，大氣再不敢喘一聲。

過了好半晌，劉媽才走回客廳，說：「我家土地婆同意把小神仙借你們一晚。」

「這隻貓……」余小吉有些懷疑。「打得贏女鬼？」

他說到這裡，見那大橘貓後足站起，眼露兇光，便不敢再囉嗦了。

劉媽扔了只寵物外出背包給余小吉，說：「走路穩著點，別蹦蹦跳跳，他會不高興。」

「是是……」余小吉恭恭敬敬地揭開寵物背包，朝向大橘貓，大橘貓慢條斯理地走入背包裡；他揹起背包，問：「然後……我們就可以去趕跑那女鬼了？」

「妳現在回家，把妳養鬼的所有道具通通帶來給我，我替妳處理；包括妳說的那個保溫瓶。」劉媽望著小潔，指了指余小吉。「妳男朋友揹著的小神仙，負責保護妳，不讓那假姊姊傷害妳。」

「啊！他……」小潔聽劉媽將余小吉當成她男友，一下子紅了臉，連連搖頭說：「他還不是……」

「還不是喔。」劉媽聳聳肩，對余小吉說：「那你繼續加油吧。」

「我……我會的……」余小吉也不知該如何回答，隨口扯開話題。「小神仙叫什麼名字？」

「他們共用一個名字——將軍。」

06 竹林裡的相逢與離別

小潔來到自家公寓樓下時，約莫下午三、四點，表哥、表姊和遠親阿姨都還沒下班，家中空無一人，確實是處理這件事情的好時機。

小潔取了鑰匙揭開公寓大門，余小吉揹著將軍走在前頭，心中還不知道劉媽那句「他們共用一個名字」是啥意思。

來到家門前，小潔顫抖地開了門。

兩人都是猛然一驚。

一個紅衣長髮女人，身子若隱若現坐在客廳椅上，一語不發地望著返家的小潔和余小吉。

「妹妹，妳出門怎麼忘了帶姊姊啦？」紅衣女人站起身，這聲音與先前「姊姊」在她耳邊說話時那種朦朧的悄悄話氣音有些不同，這才是她眞正的聲音。

小潔難以自抑地顫抖起來——先前她在夢裡、在鏡裡見到的「姊姊」，面貌也是朦朦朧朧，但在他們向劉媽告白臨走前，劉媽拿了自製的竹葉水，替兩人開了眼，因此她能夠清楚見著那紅衣女人的樣貌。

確實不是她姊姊。

余小吉也能聽見她說話。

紅衣女人才走兩步，神情陡然丕變，像是發覺兩人看得見她，臉色一下子垮了下來。氣氛登時變得有些詭譎，余小吉怕歸怕，倒還記得劉媽的叮囑——如果回家見到那假姊姊，不必理她，把該收拾好的東西收拾好帶來，一樣也別漏了。

「……」余小吉在球場上威風陽光，但要他打鬼還眞是頭一遭，他嚥下一口口水，踏入小潔家，脫去鞋子，故作鎮定地說：「妳家……收拾得……挺乾淨的……」

他刻意用身子擋著小潔，掩護小潔進屋。

小潔揭開書包，取出一瓶水——水中泡著竹葉和符灰，自然也是劉媽給的，她吩咐小潔找出那保溫瓶，將符水倒入瓶中，蓋過血紅骨灰，這樣一來，便能毀去假姊姊修煉多時的道行。

小潔身子和余小吉貼得極近，推開房門。

只見剛剛還在客廳的紅衣假姊姊，此時坐在床沿，斜斜地背對兩人，哀怨地說：「妹妹，妳帶了男人回家，就不理姊姊了？」

「妳……不是我姊姊。」小潔終於鼓起勇氣向「姊姊」攤牌。「妳騙了我。」

「妳怎麼發現的？」

「呆熊不是狗，是一隻熊。」

「妳們以前養熊？」

「呆熊是我姊姊身上的一塊胎記，我們替他取了名字，把他養在心裡……」小潔落下淚來。「昨天，我在她身上看到一模一樣的呆熊，她才是我姊姊，妳不是……。」

「……」假姊姊默然半晌，說：「不管我是眞姊姊還是假姊姊，我幫妳不少忙，如果沒有我，妳會被那些人欺負死……」

小潔一時無語，余小吉倒是搶著替她辯駁：「少來！如果不是妳，她能請到眞姊姊，她眞姊姊一樣會幫她，至少不會每晚吸她血……」

「昨天晚上妳看到我姊姊手裡的符，立刻拋下我逃了……」小潔回想著昨夜眞姊姊那拚死闖入她房中的慘烈模樣，哭著說：「她知道妳假裝成她，想要害我，所以明明打不過妳、被妳抓爛臉、抓爛身體、抓瞎眼睛、抓斷一隻手，還硬從廟裡搶了護身符來跟妳拚命……妳幫我，只是想要搶走我的身體。」

假姊姊轉過頭來，面貌猙獰得如同電影裡的兇猛厲鬼。

「妳錯了，我沒打算搶妳身體，我本來要用騙的，既然騙不到，那我只好搶了……」

假姊姊說完，兇猛撲向小潔。

「吼——」突如其來的一聲虎吼，將假姊姊嚇得飛逃穿牆、退出房外。

「啊！什麼東西？」余小吉也被這虎吼嚇得東張西望。「妳家除了假姊姊，還有其他怪獸？」他剛說完，便感到背後寵物背包震動起來，這才想起他可是請來了隻「小神仙」保護他們。

他連忙放下背包揭開。

橘貓將軍蹦出背包，冷冷瞪視余小吉，像是惱他動作慢，跟著悠哉落地舔起毛來，但一雙銳利眼睛不時左掃右望，彷彿能夠看穿牆壁，牢牢盯著房外女鬼動靜。

「快趁現在！」余小吉和小潔立時將她房間內那些用以餵養「姊姊」的道具，全往事先備妥的大提袋裡裝，包括那小瓷瓶、新寫的筆記本、針筒和止血用的棉棒等……

「保溫瓶呢？」「在床底下！」

兩人伏在床邊，往床底瞧，只見裝著血骨灰的保溫瓶，被藏在最深處，還隔著其他雜物；小潔正想往床底鑽，卻被余小吉攔下，搶著替她鑽床底。

這床底不高，個頭嬌小的小潔平時鑽進鑽出藏拿東西不難，但對人高馬大的余小吉來說反而有些麻煩。

他伸長了手，往那保溫瓶搆去，眼見快要搆著保溫瓶。

但他的手立時被假姊姊伸手按住，假姊姊在他面前現身，朝他咧嘴厲笑，可下一刻，卻又陡然變臉——

因爲一隻小橘爪子也搭上了他倆手背。

鑽進床下的橘貓將軍，按著一鬼一人的那隻貓爪上，隱隱浮現著一隻巨大虎爪。

「噫——」假姊姊雖經過一段時日修煉，但此時被橘貓將軍按著手，卻像是老鼠見到貓般，嚇得不知所措。

將軍按著假姊姊的手，假姊姊被按著的手又壓著佘小吉的手，佘小吉只好伸長了另一隻手，奮力往前一探，總算搆著保溫瓶，試著將保溫瓶往床外推。

假姊姊尖嚎起來，像是想全力阻止小潔拾取保溫瓶，但她身子才往前一探，後腦立時被隻巨大虎爪按在地上，動彈不得。

橘貓將軍一爪按著假姊姊的手，另一爪微微往前伸探，彷彿能夠操控虎爪般，使那虎爪牢牢抓著假姊姊腦袋。

佘小吉窩在床底，隱約見到橘貓將軍背後，浮現一張金黃虎紋袍子，雙眼閃閃發亮。

小潔探身接著了佘小吉從床底撥出的保溫瓶，揭開瓶蓋，準備將劉媽交給她的水往瓶裡倒。

她聽見床下那假姊姊發出了淒厲哀號，本來有些心軟，但想起真姊姊那慘樣，也顧不得假姊姊確實幫過她，將整瓶符水灌滿保溫瓶，緊緊蓋上瓶蓋，一併裝入提袋中。

床下假姊姊周身冒出一陣血煙，氣勢變得更加虛弱，被將軍叼著頭髮拖出床底，往寵物背包一甩，像是要將她塞入背包一般。

假姊姊本還想逃，但腦袋瓜再次捱了將軍一巴掌，再也無力抵抗，被摸上背包的將軍硬塞進背包裡，他自己也鑽了進去，還喵嗚兩聲，像是在催促余小吉快點帶他回家。

□

深夜，小潔躺在床上，蓋著被，呆望天花板半晌，回想著這些日子以來的荒誕始末。

下午她與余小吉帶著那些養鬼道具藥材和裝著將軍跟假姊姊的寵物背包，重返三順路劉媽家；劉媽揭開背包，放出將軍，瞥了背包裡那被滅去了道行，被擠壓變形的假姊姊一眼，重新闔上背包，隨手將背包和那袋煉鬼器具隨意扔在角落。

「這樣就行了嗎？」余小吉模樣像是猶自驚魂未定。

「不然呢？」劉媽打了個哈欠，隨手指了指地上背包說：「那假姊姊修煉的道行沒了，也讓將軍帶回來了，我晚點會通知底下派人上來接她。」她說到這裡，望向小潔，說：「我吩咐過將軍，要他別下殺手，妳知道為什麼嗎？」

「因爲……」小潔不敢望那背包一眼。「她畢竟幫過我？」

劉媽垮下臉，說：「她幫誰是一回事，妳一開始那請鬼方法就是用錯了，那樣請鬼、養鬼，只會將鬼越養越兇；妳請錯了對象，養壞了她；被養壞的她教了妳更壞的方法，所以錯不全在她……」

「可是……」余小吉插話：「那也是因為她被霸凌到受不了……」

「我知道！」劉媽瞪了余小吉一眼說：「所以我才破例幫你們這次呀，我這地方可不是專門幫人趕鬼收驚驅魔的，我家是修補神像兼泡茶的！下次別再玩這些東西了，知道嗎？」

「是、是……」余小吉和小潔唯唯諾諾地點頭。

臨走前，劉媽又給了小潔一小瓶水、交代她一些瑣事，那是她必須完成的最後一件事。

此時小潔床頭上擺著一只小玻璃瓶，裝著劉媽調配的竹葉符水，還插上幾支擴香竹，這竹葉符水和先前她用以淹沒假姊姊血骨灰的符水不同，這瓶竹葉符水的功能能夠撫慰鬼靈心情——

這是劉媽交代小潔的最後一件事。

小潔閉上眼睛，漸漸進入夢鄉。

她夢見自己身處一片竹林，四周飄著青綠色的雲霧；遠處站了個個頭與她差不多、甚至矮她一些些的女孩；女孩穿著一身似雲似霧的青綠新衣；其中一邊袖子輕飄飄的，她只有一隻手。

「姊姊，眞的……是妳嗎？」小潔緩緩走向女孩，隱隱聞到一股竹葉清香。

女孩見小潔走來，像是擔心嚇著她連忙低下頭，用頭髮遮掩自己的臉。

「對不起……」小潔來到女孩面前，緊緊摟住她，和她臉貼著臉，臉龐依稀感到女孩臉上一道道扒痕的觸感，忍不住流下淚。「對不起、對不起……」

女孩和小潔緊緊相擁，還抬起獨臂摸了摸小潔頭髮。

「妳……長高了……」

女孩口齒不清地說，用獨臂牽起小潔的手，往自己腰際摸去，探入雲霧衣裡，摸著一塊微微凸起的印記。

「呆熊……」女孩和小潔同時邊笑邊哭。

劉媽說，人死後變成了鬼，每隻鬼悟性不同，有些鬼行徑思維和過去相同、有些鬼則呆笨些、有些鬼死後變惡、有些鬼呆歸呆，但仍維持生前良善。

女孩此時的心智和口語能力，比起生前退化許多。

但愛護妹妹的心卻未曾改變，且在那幾年裡，躲在被窩裡和妹妹同編的那些關於呆熊的故事，一則也沒有忘記。

小潔想起劉媽的叮囑，對女孩說了劉媽家大致方位，要她在天亮之前，循著青竹雲霧指引的方向去劉媽家，劉媽會指引她往後歸途。

女孩點了點頭。

距離天亮，還有好幾個小時，她們一直聊一直聊，彷彿回到了當年，還替那時兩姊妹爲了排解寂寞而虛構出的呆熊跟笨熊，想了個可愛的結局。

阿財

01 強顏歡笑

陰雨綿綿的天，宜珊淚流滿面騎著車，駛過曲折巷弄，到了山腳下一處荒地倉儲旁停下，脫去雨衣，從提包取出面紙，抹淨臉上淚水，努力擠出微笑。

跟著，她轉去大倉儲一旁增建的小鐵皮屋，推開鐵皮房那歪歪扭扭的小門，進屋對著窩在躺椅上的老先生大聲打起招呼：「阿公，我來看你啦！」

「宜珊來啦……」躺椅上的老先生撐著身子想要坐起，伏在躺椅旁那大黑狗立時起身咬來手杖，讓老先生抓著，跟著繞到另一側，用腦袋頂著老先生後腰，助他站起。

「阿公，你累的話繼續躺著沒關係，我帶了吃的，順便幫你打掃一下。」宜珊將食物放上桌，左顧右盼，發現小鐵皮屋裡模樣和前幾天來時沒差太多，她上次帶了的某些物品還堆放在床邊。

「還打掃什麼，我平常動也不動……」老先生呵呵笑著一手拄著拐杖，一手按著大黑狗後背，來到小餐桌前坐下，哎喲一聲。「我現在連弄亂房間的力氣都沒有啦，還好阿財每天陪著我。」

宜珊先遞了碗粥給老先生，跟著又揭開一只自助餐盒，裡頭是些茄子、番茄蛋、蒸魚之類的軟爛食物，方便嘴裡沒剩下幾顆牙的老先生進食。

「哎喲……這麼多我怎麼吃得完。」老先生呵呵笑著，低頭對阿財說：「我吃不完，你得幫我吃呀……」

「汪！」阿財伸著舌頭，應了一聲。

「我也有幫阿財帶點心喔！」宜珊哈哈一笑，摸了摸阿財腦袋，先替阿財洗了洗門邊那用餐鐵碗，跟著取出一袋水煮雞胸肉，還開了罐狗罐頭替他加菜。

阿財撲上宜珊舔得她呵呵求饒，這才轉去大啖鐵碗裡的雞胸肉和狗罐頭，吃相狼吞虎嚥。

「這老不死，這麼老了還這麼貪吃……」老先生笑呵呵地罵，又突然搖頭嘆氣。「要是我走了，以後他怎麼辦喲……」

「阿公，你老歸老，但上次檢查，沒病沒痛。」宜珊在老先生鐵皮屋裡巡了巡，隨手整理雜物、抖抖棉被。「你乖乖吃飯，還可以活好久呢。」

「人老了，沒病沒痛，照樣得走呀……」老先生又呵呵笑，瞥了阿財一眼。「我又不像那大笨狗，跟著我這糟老頭這麼多年，還活蹦亂跳，吃好睡好……」

「阿財忠心呀，他小時候受傷，你救他一命，還收養了他，所以他一直陪著你。」宜珊這麼說。

「我收養他的時候，他才兩個巴掌大，現在比人還大……」老先生說：「多虧這幾年你們替我買飼料，不然我都養不動他了。」

「狗比人好多了……」宜珊在阿財面前蹲下，輕撫著阿財後背，眼眶又微微泛紅。「狗不會背叛人，但是人會……」

阿財混有獒犬血統，身材高大壯碩，頸上掛著一條項圈，項圈垂著一只銅牌，銅牌上刻著一個「財」字。

「阿珊呀，妳有心事？」老先生這麼問。

「咦？啊？」宜珊呆了呆，連忙起身搖頭。「沒有呀，阿公，爲什麼這麼問？」

「妳一雙眼睛哭得跟雞蛋一樣大，我身體沒力氣，眼睛倒還看得見……」老先生這麼說。

「阿公，我發現你這次講話很溜耶！」宜珊像是想扯開話題般地說。

前兩次宜珊來訪時，老先生連話都講不清，前言不對後語，一會兒說幾十年前老婆棄他而去的舊事、一會兒說起兒時鄰居孩子搶了他家養的雞、一會兒又問宜珊交男朋友沒，他要把自己兒子介紹給她。

宜珊只是苦笑搖搖頭，那時她正和男友談分手，還沒談出結果。

且老先生兒子死很多年了。

老先生兒子死後，他無親無靠，平時打著零工，這增建鐵皮屋的倉儲主人心腸好，曾聘僱老先生工作一陣子，見他貧困，便僱他當這座大倉儲管理員，還讓他住進這增建鐵皮小房，每月給他點微薄薪資——其實這倉儲閒置多年，裡頭放的都是些損壞廢棄的器械，平時大門上著鎖，老先生只需要偶爾在某些頑劣孩子好奇靠近時，吆喝趕走他們。

前些年，老邁的倉儲主人過世了，那倉儲主人獨子過往和父親不睦，久居國外，壓根不曉得父親還有這塊地、這間倉儲，和倉儲旁鐵皮屋裡的老員工。

老先生少了那微薄薪資，僅靠著微薄救濟金度日，就這麼賴活到現在。

多年下來，山腳旁人家們都知那倉儲旁住著個孤苦伶仃的老頭，見他日益老邁，連拔找野菜都十分乏力，偶爾也會送他些食物用品，還替他通報了社福中心。

社工宜珊接下了老先生這案子，三年來，一週有五天都會帶著食物來探望老先生和阿財。

前兩年老先生體力尚可，每次宜珊來時，鐵皮屋裡總是凌亂一片，老先生都推說阿財太頑皮了；今年老先生體力比往常虛弱些，不是躺在床上、就是窩在躺椅上，便真如他說的——連弄亂房間的力氣也沒有了。

宜珊替他安排了身體檢查，除了輕微失智外，身體上倒沒太大病痛。

「阿公，我替你申請了安養中心，過陣子可能就會有消息，到時候……」宜珊這麼說。

「我不去。」老先生知道宜珊想說什麼，立時搖頭反對。「我走了，阿財怎麼辦？」

「……」宜珊不只一次提議協助出現失智症狀的老先生住進安養中心，但老先生總是反對，反對的理由很簡單——

他要和阿財在一塊兒。

「他跟我在一起的日子，比我跟我老婆孩子在一起的時間還久，比我跟我爸媽在一起的時間還久……」老先生神祕兮兮地對宜珊招了招手，低聲跟她說：「我只對妳說，妳可別跟別人說，阿財呀，其實是天上二郎神嘯天犬投胎，他是仙狗，他現在有一百多歲啦……」

「好……」宜珊苦笑，她本來以為老先生失智情況有些好轉，但看來似乎沒有。「我不會跟人說。」

「我覺得妳不信我……」老先生見宜珊神情，知道她不信自己，急得比手畫腳起來。「我領養他的時候，他才兩張巴掌大……跟我在這兒待了幾十年，替我趕走好多壞東西，一般狗哪能活這麼久，就只有阿財！他是條神犬！」

「阿公。」宜珊哦了一聲，說：「既然阿財是神犬，那你就不必擔心他啦，你進安養中心，阿財……我會想辦法另外找人照顧他……」

「那我不如死了算了。」老先生依舊搖頭，對宜珊露出寂寞的神情。「傻丫頭，是我需要阿財，不是阿財需要我……」

早已吃完整碗雞胸肉摻罐頭的阿財，本來在門邊滴著口水，聽老先生這麼說，立時來到老先生身邊，用腦袋蹭著他的腿和手。

「看見沒有。」老先生得意地說：「他聽得懂人話，我都將他當我小兒子啦……」

「嗯……」宜珊也輕輕撫摸阿財的背，三年下來，她替阿財加菜的次數，多到數不清，她和老先生一樣喜歡阿財；但是阿財太大隻了，她家人不讓她接手飼養，她只能暗暗在網路上搜尋一些狗園資料，或是徵詢身邊朋友有無人願意在老先生走後接手飼養阿財——某些狗友聽說體型巨大的阿財混有獒犬血統，可都敬謝不敏，擔心阿財根本不認老先生以外的人作主人。

「我都快忘記……」老先生摸著阿財，望著他一雙大眼。「我養他幾年啦……」

「八、九年，頂多十年左右吧……」宜珊過去沒有養狗經驗，但三年下來，也做了些功課，她從阿財此時精神、食慾和體力，粗略地推測阿財年紀。

「什麼十年，根本不只！」老先生連連搖頭，瞪大眼睛說：「我養他快三十年啦，除了小時候受傷，他一直壯得像條牛一樣，這幾十年來，只生過一場大病……」

「嗯……」宜珊望著老先生正經眼睛，並沒有和他辯駁犬科動物的壽命極限，只是有一搭沒一搭地聊著生活瑣事，陪他吃完飯，替他收拾了餐桌，攙他上床休息。

宜珊步出鐵皮屋，天已放晴，她看看時間，準備趕往視察下一件案子。

她正準備發動機車，卻見阿財走出門來，在距離她一兩公尺處坐下，伸著舌頭，像是代老先生送客般。

「阿財……」宜珊忍不住回頭蹲下，摸了阿財半晌，這才騎車離去。

騎著騎著，又哭了。

前些天她恰好撞見主動提議分手的男友，摟著別的女人深吻。

那晚她透過通訊軟體，答應男友分手。

明明她答應分手了、她認輸了、她投降了。

但前男友與陌生女人親密相擁的畫面，像是怨魂一樣，日夜捆繞著她的腦袋；只要一靜下來，那畫面就浮現眼前，重重搥撞著她的心。

02 恐嚇

宜珊來到一處老舊公寓前。

再次取出面紙，抹淨一路上流個不停的眼淚，再一次擠出笑容。

跟著取出大門鑰匙開門，步入公寓，一路走上頂樓。

頂樓有加蓋，隔成三間套房，她來到其中一間門前，按下門鈴。

一陣微弱的腳步聲來到門前，像是在等待著什麼。

宜珊反手伸指在門上，輕輕叩下兩輪三短一長的暗號。

鐵門打開一條縫，一個憔悴的女人透過門縫，確認門外站著的是宜珊，而不是她那吸毒丈夫，這才解開內側門鏈，讓門敞開一道足以讓宜珊側身進屋的大縫。

阿玫待宜珊進屋，立刻關上鐵門，上鎖，這才鬆了口氣，招呼宜珊來到套房桌椅前。

套房不特別大，卻也不算小，獨立廁所旁緊鄰著窄小流理台和小冰箱，冰箱旁的小桌上放著電磁爐和幾個鍋碗。

另一側牆邊有張單人床，和一張小桌，桌邊擺著組裝電腦和一張張繪圖手稿。

「冰箱食物還夠嗎？」宜珊主動揭開冰箱，見三天前替她帶來的食材減少不多，反倒是一旁垃圾桶裡塞著滿滿泡麵包裝，搖搖頭說。「別吃那麼多泡麵，冰箱的菜跟肉再不煮，會壞掉喔……」

「好……」阿玫對宜珊的建議隨口敷衍，擔心地問：「我女兒……」

「她很安全，收容所旁邊就是派出所。」宜珊說：「妳老公現在被通緝，應該沒那膽子上門找她，我有拜訪過那派出所，把妳老公的情況和他們說了，他們說會特別留意……」

「被通緝這麼久，還抓不到人……」阿玫搖頭嘆氣，望著窗外雨後放晴的天。

阿玫大學就讀美術系，本來懷抱著滿腔夢想，想出國深造，當個大設計師，但是意外愛上了個大她幾歲的校外男人，大三就懷上了男人的孩子。

那時她鬼迷心竅，一心想生下孩子，嫁給那男人，因此隱瞞家人好幾個月，直到肚子越來越大，紙包不住火，只好休學在家靜養，但她受不了躁鬱症媽媽每日冷嘲熱諷，終於逃家與男人同居。

直到那時，她才發現男人吸毒。

男人苦苦哀求，說自己一定會戒毒，到時候和她共組美滿家庭。

阿玫沒得選擇，直到生下孩子，男人才露出了真面目，挾著孩子逼迫阿玫工作賺錢，購毒給他。

男人除了吸毒，自己也偶爾幫大盤零售散貨，他一面令阿玫兼差多份工養他，又擔心面貌姣好的阿玫被其他男人拐跑，某夜喝了酒，強押著阿玫替她打了一針海洛因。

接下來的日子，如碎磚、如爛泥、如糞便……

阿玫就這麼渾渾噩噩地過了兩三年，某天男人徹夜未歸，阿玫清晨醒來，與女兒童言童語對答幾句，見到晨光灑在女兒臉上，映得她一雙大眼睛上的長睫毛閃閃發亮，突然覺得這樣的生活不該繼續下去。

她匆忙換了衣服，抱著女兒上警局自首。

男人遭到通緝，但他消息似乎十分靈通，在警察攻堅前一刻，爬窗溜了。

阿玫進了勒戒所，女兒被送進收容所安置。

阿玫在勒戒所待了半年，收過幾封男人以化名或是假造親戚身分寄來的恐嚇信，說等他出來，絕對要她付出代價——這些恐嚇信自然被所方檢查後攔下，並未交給阿玫過目，但替她報了警，同時告知她日後得小心提防。

宜珊在阿玫出所前一個月，接手阿玫這案子，替她安排住所，代她探望女兒——但那男人不知哪來的消息，竟找上阿玫，發狂痛毆她，若不是宜珊及時趕到尖叫報警，嚇得男人鼠竄逃遠，阿玫或許真會慘死在男人拳頭下。

宜珊替阿玫安排了個更隱密的公寓加蓋套房，還與她約定會面暗號，交代她平時盡量別出門，三天兩頭替她帶來食材和生活所需用品。

阿玫則憑著大學所學技能，利用宜珊替她張羅來的桌上電腦，透過網路接些簡單的設計案子，賺取微薄稿費。

她只盼警察早日逮著她那吸毒老公，等他被判刑坐牢，她才能安心展開新生活，直到有能力搬入更大的家，接回女兒同住。

「到那時候，妳不考慮……」宜珊問：「帶著女兒回家裡住？」

阿玫搖搖頭，神情默然地說：「我媽是個瘋子、我爸是個愛面子的自私鬼，在我以前放棄法律選擇美術時，就不怎麼被他們當女兒看了……現在我在他們眼裡，跟一包垃圾沒有分別……」她指著宜珊託友人東拼西湊出來的電腦桌機，說：「要我回到那個家裡當包垃圾，我寧願靠自己當個人。」

宜珊望著阿玫眼睛，不禁有些感動，說：「我覺得以後或許不用替妳……」

阿玫搖搖頭，步入廁所，拉出洗手台下一只小桶，先向廁外的宜珊展示了空桶，也沒關門，直接蹲下如廁。

宜珊靜靜望著阿玫尿完，從提包取出毒品試紙，進去替她簡易檢驗了桶內尿液。

沒有毒品反應。

「其實我相信妳。」宜珊將試紙扔入垃圾桶。

「但我不相信我自己。」阿玫將尿液倒入馬桶，沖洗小桶，放回原位。「雖然我現在自己也沒管道弄到那些東西就是了，但……我心裡還是很怕，我需要人監督……」

「我會站在妳身邊，一直幫著妳。」宜珊點點頭。

阿玟當時被她老公強押注射，且事後用以控制她的毒品，是所有毒品裡成癮性最高的海洛因——或許她老公手頭吃緊，每次替她注射的劑量、濃度都相對低，因此她經過半年勒戒，出來一段時間，並未再犯。

「現在只能拜託警察大哥行行好……」阿玟坐回電腦前，繼續未完的工作。「趕快抓到那個王八蛋，送他進監獄吧……」

宜珊看看時間還早，順手替阿玟用電磁爐加上冰箱食材，煮了鍋簡單的蔬菜湯，臨走前對她說：「我知道妳懶得下廚，下次我替妳帶水果好了，吃水果方便，妳喜歡什麼水果？」

「芭樂。」阿玟說：「順便帶幾包衛生棉，快用完了。」

「好。」宜珊點點頭，與阿玟告別。

□

黃昏時，宜珊騎車返家，腦袋想著近日有什麼電影可看、觀察路上有哪些餐廳好吃，故意讓自己分心，別想起那些會令她落淚的情景。

可是好像有點難。

因爲沿路幾家口碑不錯的餐廳，都曾經是她跟前男友的約會地點。

她進家門前，取出最後幾張面紙，拭去眼淚，開門進屋。

「媽我回來了，哇好香喔——」宜珊大聲打著招呼，聞到廚房傳來的菜香，哈哈笑地進去幫忙端菜，突然想到什麼。「對了！下次我可以替阿玫帶個便當給她，她每天吃泡麵，身體都吃壞了……」

媽媽望了她那紅腫眼睛，說：「妳呀，不用強顏歡笑，想哭就哭啊，一邊吃飯一邊哭也沒關係。」

宜珊乾笑兩聲，盛了碗飯挾菜吃。「今天哭夠了，再哭要瞎了。」

「快找個新男人吧。」弟弟還躺在客廳滑著平板。「早點忘記那小子。」

爸爸從廁所出來，也入座吃飯。「是呀，舊的不去，新的不來。」

「你們夠了啦……」宜珊抗議。「每個都一直講一直講，只會害我忘不掉好嗎……」她說到這裡，手機響起。

是個陌生號碼。她接聽。

「黃宜珊。」冷冷三個字，從電話那端傳出。

「我是……請問你哪位？」宜珊呆愣愣地問。

「我是阿玫老公。」男人冷冷地說：「妳把她藏在哪邊？」

宜珊倒吸了口冷氣，反問：「我如果告訴你，你想幹嘛？」

「不用妳管。」男人說：「但如果妳不說，我會找到妳，想辦法讓妳說。」他說到這裡，補了一句。「我知道妳上班的地方。」

「……」宜珊沉默幾秒，說：「我早上九點上班、六點下班，你有本事就到門外堵我。」

她說完，匆匆吃完飯，在父母陪同下，前往警局報案。

□

隔日一早，她早上九點準時抵達社工辦公室，一旁便利商店，有兩名便衣刑警待命，辦公室裡也有事先趕來埋伏的員警待命。

但一直到下班，男人都沒出現。

接連兩、三天都是如此。

埋伏的刑警只得撤去，但答應宜珊，會增加巡邏次數。

03 你守護我一生，換我守護你終老

中午，宜珊站在空蕩蕩的老先生鐵皮屋裡，淚流滿面。

半小時前，醫護人員將斷了氣的老先生抬出房；鑑識人員確認老先生是在睡夢中自然死亡，沒有他殺嫌疑。

桌上還擺著她剛剛帶來的粥和配菜。

房中幾乎沒有屍臭，表示老先生過世不久。

她聽見救護車遠去的聲音，終於忍不住放聲大哭，哭了好久好久，這才吸著鼻子替老先生整理遺物，一樣樣拍照登記。

她從床下翻出一只鐵盒，裡頭是些零碎雜物，甚至有兒子孩提時的玩具，還有好幾本相本，有他過去和妻兒的合照、也有花草樹木——

宜珊望著老先生床頭那台壞掉多年的老相機，知道老先生還沒那麼老的時候，尚有餘力打零工，買台相機上山拍拍風景，是他唯一的興趣。

她翻開一本相本，裡頭是他和阿財的照片。

但令她訝異的是，相本第一張的老先生，懷裡抱著一隻小黑狗，背景似乎是間動物診所。

小黑狗看來瘦弱，前爪還裹著石膏。

「這是阿財？」宜珊呆了呆，這情景和老先生先前敘述差不多——他在山上拔野菜，發現了受傷小黑狗，帶他上醫院治療。

但照片裡的老先生，樣子沒有那麼老，且照片日期，是二十八年前。

接下來幾張照片裡的小黑狗，一下子就變成了大黑狗，體型、模樣跟阿財一模一樣。

她翻完整本相本，發現最後一張照片日期，結束在距今十餘年前。

之後幾本風景相本，偶爾也有阿財的身影，老先生那時會帶著阿財上山拔菜；幾本相本照片日期，同樣都是十餘年前——但後來一批相片，畫質愈漸低劣，宜珊望著床頭那台老相機，猜測老先生後來老了，無力再打零工，相機壞了便沒錢再買，因此也再無新照片。

「阿財、阿財！」宜珊記錄完鐵盒裡的遺物，起身喚了幾聲，都得不到回應。

她有點擔心阿財下落，走出鐵皮屋繞了繞，也沒發現，倒是重返鐵皮屋裡繼續記錄遺物時，從一只小櫃深處，發現一個陳舊項圈。

那是阿財的項圈，顏色褪色許多，但那銅牌上的財字，和阿財項圈上那個財字，一模一樣。

「黃宜珊。」

男人的聲音自鐵皮屋外響起。

宜珊毛骨悚然地站起，往門外望去——這是她第二次見到阿玫老公。

「妳把我老婆藏在哪裡？」男人惡狠狠地走入鐵皮屋。

宜珊揪著阿財的項圈，腦袋一片空白，退到角落，喃喃地說：「你……你不是要去我辦公室找我？幹嘛來這裡……」

男人暴怒大喝：「妳當我白痴啊，去妳辦公室給警察抓是吧！」

原來男人前幾日躲在宜珊辦公室斜對面一家速食店裡，暗暗觀察宜珊每日動靜，既是毒蟲、又是毒販的他，漸漸分辨得出那些重複出現在宜珊辦公室外的男人，哪幾個可能是警察，他既然事先恐嚇，當然知道宜珊會報警抓他。

他摸清宜珊動靜，趁她單獨外出時，遠遠騎車跟蹤，一路跟上這山郊鐵皮屋，本想等她出來才逮她，沒想到屋裡老人死了，警察和救護車都來了，這才又多等了好久，等到太陽都快下山了，確定鐵皮屋裡只剩宜珊一人，這才找上門來。

「你放過阿玫吧……」宜珊苦苦哀求。「她是個好女孩，她好不容易才戒毒了……你……你也戒掉吧，我可以幫你……」

「我去妳媽的！」男人搧了宜珊一巴掌，將宜珊打倒在地，還重重踹了她肚子一腳。「我是賣毒的，妳要我戒毒啊，妳以爲這東西這麼好戒？我告訴妳，阿玫不會戒的，我給她打的是四號仔，四號仔戒不掉的！」

男人一面說，一面用腳踢宜珊身子。

「她戒得掉，她一定戒得掉！」宜珊哭著求饒。「求求你，放過她……」

「……」男人喘著氣、停下腳，一把揪住宜珊頭髮，將她從地上拉起，往老先生床上拖。「妳說戒得掉是吧，那妳戒給我看看；妳要我放過她，那妳當我女人好了；妳當我小老婆，我就放過大老婆，行不行？」

「不、不要！」宜珊試圖反抗，但男人力氣頗大，一把將她甩上老人床鋪。

前些時間宜珊撞見男人正毆打阿玫，她出聲喝止，男人拔腿就跑，因爲那是在住宅巷弄，這地方不同，是偏僻山郊的廢棄倉儲旁的加蓋小鐵皮屋。

她的尖叫，沒有效果。

男人人高馬大，跨上宜珊腰際，用一隻手抓著她兩隻手，從外套口袋裡掏出一支針筒，在宜珊面前搖晃，冷笑地說：「妳試過一晚上高潮幾十次嗎？」他邊說，臉漸漸貼近宜珊。「我怕做完之後，妳會愛上我喔。」

「不要、不要——」宜珊嚎哭尖叫。

男人用嘴咬去針筒護套，見宜珊不停掙扎，難以下針，像是在考慮要不要先揍到她無力反抗——

就在他猶豫時，他持針那手，被一張大口啣住。

男人愕然回頭，背後是隻好大隻的黑狗。

「阿財！」宜珊見到阿財現身，哭喊尖叫求救。「救我！他是壞人——」

「吼——」阿財啣著男人扭頭一甩，將男人甩落下床，跟著躍下床去，惡狠狠地朝他發出低吼。

男人見混有獒犬血統的阿財，體型大得驚人，自己只帶著海洛因針跟一把摺疊刀，他連拿刀出來的勇氣都沒有，嚇得扔下針筒，掙扎起身轉身就跑。

男人剛跑出門，卻被一隻自門外抬起的腿絆了一跤，撲倒在地。

阿財追上，咬著男人小腿，將他拖回鐵皮屋裡。

宜珊下床，流淚喘著氣，見到鐵皮屋外走進的那個人，嚇得傻了。

是不久之前，被醫護人員抬走的老先生。

「阿公，你怎麼……」宜珊又驚又喜地問：「原來你沒事？」

「阿珊呀，先找條繩子綁住他……」老先生望著桌上那碗粥和軟菜，還有一袋水煮雞胸肉跟狗罐頭。「陪我吃頓飯，我慢慢跟妳講……」

「喔！好！」宜珊連忙四處找起繩子，跟老先生一齊將男人五花大綁，還往他嘴裡塞了塊布，不讓他囉嗦。

老先生此時面貌依舊老邁，但動作俐落許多，彷彿比過去帶著阿財上山拔野菜時還健壯些；他不等宜珊幫忙，自個兒拾起門邊鐵碗，將宜珊帶來的雞胸肉和狗罐頭倒入碗中，放在男人腦袋旁，拍了拍男人的臉。「別打壞心眼喲，不然阿財會連你一起吃了。」

阿財搖著尾巴，像過去一樣開心大啖起那一大碗雞胸肉和狗罐頭。

男人見身旁阿財狼吞虎嚥，一嘴牙粗得嚇人，若真用力狠咬，肯定能將他腦袋都咬下來，嚇得大氣也不敢吭一聲。

老先生在小桌坐下，也不用宜珊動手，自個兒揭開粥和飯盒，津津有味地吃了起來。

宜珊在老先生身旁坐下，困惑地問：「所以剛剛……阿公你到底發生了什麼事？」

老先生喝了口粥，呵呵一笑。「人的壽命有限吶……」他見宜珊似乎聽不懂他這話意思，便直白地說：「還能發生什麼事，我已經死啦。」

「啊！」宜珊駭然一抖，驚恐地望著老先生。「那……那現在你……」

「應該是鬼吧。」老先生又一笑，繼續吃著宜珊替他帶來的菜。

「但是……」宜珊見老先生模樣和生前一點也沒有分別，忍不住大著膽子，伸指碰了碰老先生肩頭。

觸感也和生前沒什麼分別，就和活人一樣。

「妳放心，我不會害妳。」老先生說：「這幾年，如果沒有妳幫忙，我可能會更早走些，在妳之前，我只有阿財……」

「對了！」宜珊像是想起什麼般，好奇地指著床邊那相本，問：「阿財他……就是阿公你那本相本裡的小黑狗？」她說到這裡，又望向剛剛那被她從小櫃中翻出來的老舊項圈，「而且……有兩個項圈，一個比較舊……」

「因爲啊，我這幾年腦袋糊塗，說話顛三倒四呀。」老先生哈哈大笑，跟著，轉頭望著阿財，繼續說：「其實我本來也不大清楚是怎麼回事，但到剛剛，才明白了——十年前阿財已經很老了，生了場病，死了。」

「啊！」宜珊愕然也望向阿財。「所以阿財也是……鬼？」

「是呀，不然難道眞是嘯天犬呀？」老先生伸手招來吃完雞胸肉和罐頭的阿財，摸著他那大腦袋。「他雖是鬼，但像是我的守護神。」

宜珊這才明白。

先前她見到的阿財，早已死去多時，但魂魄仍待在老先生旁，照料老先生起居。

「因爲……」宜珊說：「阿公你在他小時候，受傷的時候，救了他，照顧他十幾年……」

老先生點點頭：「他死了之後，還賴在我家不走，換他來照顧我……我養他一輩子，他照顧我到老死，打平啦，哈哈哈……」

阿財聽老先生這麼說，伸著舌頭哈氣用腦袋蹭他手，像是一點也不想跟老先生打平、像是想繼續長長久久地待在老先生身旁，照顧他永生永世。

財，摸著他的背。

「有些狗，比人好多了……」宜珊似乎被阿財的忠心感動，也不怕他是鬼，蹲下抱著阿

「對啦，妳還沒說那傢伙是什麼東西？」老先生指了指被綁在角落，不停發抖的男人。

「他呀……」宜珊想起那傢伙，立時取出手機報警，然後跟老先生講了前因始末。

「你這傢伙……」老先生聽完男人事蹟，瞪大眼睛望著他，氣沖沖地說：「要不是阿珊已經報警了，我就叫阿財把你手腳都咬斷……」他說到這裡，想了想，靈機一動，說：「哎呀，我都忘了我們現在是鬼，這樣好了，我等你進看守所時，再帶阿財去咬你好了。」

「……」男人聽老先生這麼說，嚇得不停掙扎，但見阿財轉頭朝他低吼，便只能乖乖靜下。

老先生在警察趕來之前，將阿財那舊項圈送給了宜珊，對她說：「這個地方以後可能會被拆去，但妳拿著這個項圈，妳說什麼，阿財應該都聽得見；我養阿財十幾年，阿財死後當我守護神；妳照顧我三年、餵阿財吃了那麼多肉，以後，我們做妳守護神。」

宜珊接過項圈，還想說些什麼，只聽外頭警笛聲響起。

老先生站起身來，向阿財招了招手，走出鐵皮屋，回頭朝宜珊瞇眼一笑，飄然遠去。

兩車警察荷槍實彈衝入鐵皮屋裡，見到被打得滿臉傷的宜珊，和被五花大綁的男人，一時還不明白發生什麼事。

「他吸毒又家暴，我是負責照顧他老婆的社工，他逼我說出他老婆，我不說，他就打我，還想給我打海洛因針，說我不交出他老婆，就要我當他小老婆……」她指著地上那支海洛因針，跟著瞎編起後續故事：「但他吸毒太多，腦袋壞掉，腳一滑摔倒撞到頭，我趁他昏迷把他綁起來報警。」

男人被警察架起，取出他嘴裡那破布，男人立時破口大罵：「她說謊！她找了一個老鬼、跟一隻鬼狗咬我，那隻鬼狗好大！是藏獒！」

「還眞的吸毒吸到腦袋壞掉耶！」帶頭刑警重重拍了那男人腦袋一巴掌，喝令手下將他押上警車，將海洛因針裝入證物袋，還要求宜珊騎車跟上，到警局做筆錄。

警局裡，宜珊仍然堅持同樣的說法。

男人也不改說詞，還說不要進看守所，老鬼會帶鬼狗來咬他。

警察聽男人說得口沫橫飛，便更相信宜珊的說法了。

宜珊走出警局，騎車準備返家，突然停下，撥了通電話告訴媽媽，自己今天晚點回家，掛上電話，她繞去賣場買了些衛生棉和芭樂，又買了袋滷味，轉往阿玫家，準備將男人不但被捕，而且很可能在看守所裡被阿財咬的消息告訴阿玫。

狐

01 全能雜工

「這裡又一條！」

林君育舉著捕蛇夾，提著一條眼鏡蛇，三步併作兩步扔入蛇籠中——兩只蛇籠裡，擠著七、八條眼鏡蛇，互相糾纏。

林君育等獲報前來的消防隊員，花了一個多小時，在這鄉間幾處民宅裡外，一口氣逮著了好幾條眼鏡蛇。

街坊鄰居們還不放心，分頭拿著竹竿、長夾、水桶，跟著林君育等人一同四處搜索。

幾個小孩蹲在蛇籠前圍觀，有個大學生扠著手，望著蛇籠裡擠成一團的眼鏡蛇，不忍地說：「好多蛇都被蛇夾夾傷了耶……這季節本來就是蛇類繁殖季節，趕走就好了，何必……」

一旁一個大叔說：「偶爾一、兩條趕走就趕走呀，一上午冒出一大堆那怎麼行！」

又一個少年說：「這些蛇是人放的！我親眼看見的，他們開著廂型車來，放出蛇就跑了！」

蛇類繁殖期間，活動範圍擴大本屬正常，但近些年某些邪教組織帶著信徒四處放蛇的行徑從未停歇——林君育等消防隊員們，也時常處理這類抓蛇捕蜂的任務。

林君育等花了半晌工夫抓完了蛇，通報動保處人員接手處理，立時趕往下一個事故點，到場才發現是個醉漢謊報失火，那醉漢是周遭鄰里眼中的麻煩人物，但背後有些小靠山，左鄰右舍對他平日囂張行徑只能盡量忍氣吞聲。

此時醉漢拎著酒瓶，赤裸上身持著手機在巷弄裡嚷嚷吵鬧，先獲報趕來的兩名員警，在和那醉漢有親戚關係的里長伯「協調」下，並未強制押走醉漢，只能消極勸他回家睡覺。

林君育所屬消防車來到巷口，下車問清情況，只能傻眼離去。

半小時後，他那輛消防車再次趕回同一巷口。

這次醉漢沒有謊報──他自己放火了。

林君育等拉著消防管線衝進巷弄，對著位於公寓三樓的火場噴水滅火，所幸那醉漢只在陽台燒報紙發瘋，並非在屋內縱火，火勢一下子被沖滅；醉漢也被員警破門押走；由於他當眞縱火，里長伯也保不住他，只低調地招了計程車一路跟去警局，想再「協調」看看。

滅了這小火，已到了林君育這車弟兄返回分隊休息小歇的待命時間，但他們回程途中，再次嗚響起警笛，急急趕往另一處火場──那火場火勢較大，大大小小的消防車、救護車將四周巷弄圍得水洩不通，偏偏巷弄裡的汽機車塞得滿滿滿，消防隊員和左鄰右舍一面移車、一面救火。

直到接近清晨，林君育這車人終於返回分隊，換衣小歇。

林君育只睡不到兩小時，便進入救護班勤務時段——在這天日落前，他出了七次勤，載了兩個重病老人、幾個車禍傷者、一個自殺墜樓的重傷患者、和一個自稱身體被外星人植入炸彈隨時會爆炸的精神病患。

「天亮就能休息了。」

「再撐一下。」

當幾個救護班弟兄們和員警聯手將那強制送入醫院沒多久又自己掙脫逃出的精神病患再次押回醫院之後，彼此打了打氣。

早幾年入行的林君育，見身旁入行不到一年的學弟臉色發白，拍拍他肩膀，說：「以後就習慣了……」

那學弟在押架那精神病患時，被那病患當成外星人狠咬一口，此時胳臂上還紮著紗布。

但天亮之後，他們未能按照班表輪休，又是一起大火案件，這次各分隊出動的消防車高達二十餘輛。

消防警笛刺耳響亮，車裡卻靜悄悄的——大家連聊天的力氣都沒了，只盼打完這場火，能睡飽一點。

大火足足燒了十餘小時，燒垮三間鐵皮工廠。

林君育揹著氧氣筒，一面支援帶頭衝鋒的資深學長，他望著那資深學長背影，腦袋裡浮現的卻是另一個年代更爲久遠的背影。

一個令他在國中時就決定將來擔任消防員的男人背影。

那是個可憐的男人。

他不知道男人生前爲人行事，卻知道他死後際遇。

當年林君育和男人聯手救了包括他自己在內的幾個年少不懂事的胡鬧孩子。男人無畏無懼的背影深深烙印在林君育心中，他從小就不是什麼懷抱遠大志願或是野心的孩子，他只是覺得這樣的背影值得他效法追隨。

大火終於滅了，林君育的輪休時間剩不到幾小時，他那租賃套房離分隊有點距離，也無家室女友，索性直接回分隊換下救火裝備、沖了個澡，在隊上休息室睡到值班時間。

再次開始四十八小時輪班執勤、待命的任務。

他入行幾年下來，追隨深藏心中那崇拜身影，日復一日地進行著千篇一律卻又五花八門的班表和勤務。

這次的四十八小時輪班沒有碰上大火，但古怪瑣事倒是不斷，除了救護班勤務之外，也摻雜著各式各樣的疑難雜症——混亂到讓林君育偶爾以爲自己不是消防員，而是個全能雜工，有個女人將年幼小孩留在家中，鍋爐未熄火，出門卻忘了帶鑰匙，驚恐找上消防隊幫忙破門開鎖；有幾個女孩不知在哪兒撿到一箱小貓，悄悄扔在消防隊前就跑了；有個寂寞老人三不五時打電話找林君育和同事們閒聊，遭拒又報案說身體不適喊救命；有個女人同時找來警察和消防隊，說被強姦要送醫驗傷，到了警局又說不告了，因為她只是酒後和男友吵架想出出氣。

而先前那個被強制送醫的精神病患，又逃出醫院，還主動抱了個箱子趕來消防隊，說他抓到外星人要證明給大家看自己沒說謊。

林君育打開箱子，裡頭空空如也，什麼也沒有。

那精神病患氣炸了，堅稱是林君育故意放走外星人，跟著再見到先前被他當作外星人咬了一口的學弟，大發雷霆控訴這消防分隊已經被外星人佔領，要作為掠奪地球的基地。

他足足鬧了大半小時，林君育等才和獲報趕來的員警聯手將他再次架上救護車載往醫院。一個也被那病患咬過的員警，惱火地要護理師和那精神病患家屬看牢他，別再讓他輕易跑出來；只不過家屬和護理師也同樣無奈——他們老早被那病患當成外星人同謀。

林君育離開醫院時，耳際還隱隱聽見那病患大吼大叫，說下次要殲滅那被外星人佔據的消防分隊，要扒了他們外表人皮，讓他們露出外星人眞身。

「……」林君育默默無言駕著救護車，還沒駛回分隊，又接到另一件勤務。

林君育光聽學弟說出勤務地址，立時擺出臭臉——那地方同樣也常駐一位怪胎，三不五時自稱被妖魔附體、身受重傷、命在旦夕；每次林君育趕去替那怪胎檢視身體，也沒檢視出什麼毛病，亂七八糟的鬼故事倒是聽了不少。

這次這怪胎像往常般盤坐在地，讓消防員按照流程檢視他身體狀況，一面認真地對著林君育講述這次碰上的妖魔。

林君育根本不想聽，但倒是覺得這怪胎今日眼神格外認真。

林君育和學弟連擔架都懶得帶上樓，臭著臉按照流程檢視完怪咖身體，問他需不需要送醫治療——通常怪胎到這時會婉拒上醫院，會說妖魔已經離開了，但今天卻不同，他覺得妖魔竊走了他身體裡的某些器官，他堅持要上醫院，否則肯定會死在家中。

林君育與學弟默默無言地攙他出屋，默默思索待會是送他去急診，還是直接送精神科。

他倆攙著怪胎出門，見到公寓對門鄰人一個小男孩，隔著鐵門望他。

不知怎地，林君育覺得那小男孩眼神銳利得令他隱隱不安。

他覺得自己曾經見過這樣的眼神。

那是個令人不悅的回憶。

怪胎身子激烈發抖，大氣也不敢喘一聲，直到坐進救護車，這才嚷嚷叫著：「就是他！就是剛剛那個小孩，他也被附身了，你們想辦法救救他——」

「是喔，這次是哪隻妖魔呀？」學弟打了個哈欠隨口問——這怪胎每次講述的妖魔都不同，他們在隊上甚至會與出勤弟兄們分享這次聽來的妖魔種類，偶爾猜測這怪胎所述妖魔會不會有重複的一天。

「是狐仙！」怪胎激動又認真地對學弟嚷嚷：「我看得清清楚楚，是一隻白色的大狐狸，看起來好兇，眼睛好可怕！是紅色的！」

「喝！」學弟本來昏昏欲睡的大腦突然有些清醒——怪胎口中的妖魔終於重複了，三天前他也說自己被隻大白狐附身無法呼吸，快要窒息了。

「上次你說過！你說大白狐！眼睛是紅色的對不對，我記得！」學弟不知怎地竟有些興奮，亟欲將這消息報給其他幾組同袍，說這怪胎終於沒新梗了；那學弟身邊一個較資深的消防員，用肘頂了頂學弟，示意他別接話，更別表現出對這怪胎的話題感興趣的模樣——否則惹得怪胎日後更頻繁地報案，可麻煩了。

駕車的林君育，聽見那怪胎提及「狐仙」兩個字，倒是一愣。

許多年前，他也曾碰過狐仙。

那不是個愉快的回憶，過程中有驚恐有歡笑、有醋勁有曖昧，最終有個平安卻悲傷的結局——

他長大之後，追隨著當年景仰的背影當上了消防員。當年的老同學們各奔東西；當年驚心動魄的小小冒險，隨著時間漸漸褪色成像是老照片般的如夢記憶。

不知怎地，阿育在駕駛座上，聽那怪胎形容大白狐的模樣和行徑，竟聽得有些出神，但他終究比學弟沉穩些，沒有搭話。

他腦海裡浮現起當年所見同學遭狐仙附體時的神情。

與剛剛那對門小男孩一雙銳利眼睛有幾分相似。

這令他隱隱感到不安。

02 一二三

那怪胎進醫院檢查前，緊張地握著林君育的手，說自己出院之後，會離開那地方一段時間，他想躲避大白狐，拜託他們千萬別暴露他行蹤。

林君育等聽得哭笑不得——對怪胎這話一則以喜，一則以憂。喜的是他們短時間內不會再接到那條街的鬼上身報案電話了；憂的是那怪胎可能從其他地方打電話稱又遭新妖魔附身——自然，要是他避難避得遠些，屆時就換其他分隊的學長弟們傷腦筋了。

處理完這位怪胎老兄之後，林君育好不容易得到一個二十四小時、沒有緊急事件的輪休。他返回租屋處睡了個飽，悠哉地看著電視，出現在電視上那聲嘶力竭地吶喊競選口號、要競選地方議員的年輕人，是他國中老同學文傑。

國中畢業之後，林君育和當年幾位共同經歷那段離奇遊戲的老同學們偶有聯繫，他只知道松仔成了工程師、小筑嫁人了、美君流連夜店，男友一個換一個，聽說他當上消防員，曾約過他幾次，說想見識看看消防員的體力——當時他差點忍不住就要赴約了，不過正想赴約，就被緊急召回隊上出動支援某場大火。

那夜，他將體力全花在將一個嚴重嗆傷、跌進火堆的年輕學弟揹出火場，緊急送醫，在病床前看著學弟在自己面前斷氣。

年少無知的招靈遊戲，雖然過程驚險，但總算有個男人守護了他們。

長大後眞實人生裡的生老病死，反而更加眞切而悲痛。

二十四小時的輪休一下就過去了，他再次趕赴隊上整理業務資料，準備交接値班。

突如其來的報案電話，讓整個分隊的人有些傻眼。

報案電話仍來自那時常被妖魔附身的怪胎那棟樓，但報案人卻不是怪胎。

林君育帶著學弟抬著擔架來到那怪胎居所公寓底下大門時，與學弟面面相覷了一眼——

報案地點是怪胎對門人家。

「是不是有人叫救護車？」學弟急急按著電鈴，對著對講機大喊。

林君育仰頭，望著那蹲在陽台鐵窗上往下看的小男孩。

小男孩跳回屋內，按開公寓大門。

林君育帶著學弟，扛著擔架衝上樓，來到那怪胎家門前。

對門報案人家鐵門敞著，小男孩站在陽台中，面無表情地看著門外的林君育和學弟。

「小朋友，是你打的電話？說你爺爺快死了？」林君育這麼問，他踏進那家人陽台，望著那六、七歲大的小男孩，只覺得小男孩雙眼目光，銳利得讓他有些害怕，像是揭開他深藏心中多年那裝著恐懼的小櫃一般。

小男孩沒答話，伸手指向屋內。

林君育帶著學弟衝進屋裡，只見到昏暗室內，雜物堆積如山，一個老人癱躺在藤椅上，一動也不動，嘴巴微微敞開，雙眼直勾勾地望著天花板。

他倆奔上前探視那一剎那，見到老人這副模樣，眞當他已經死了，但近身檢視，卻發現老人尚有氣息、口不能言，對任何問話毫無反應，且生命跡象確實十分微弱。

他們立時將老人緊急送醫。

林君育本來想將小男孩一併帶去醫院，但小男孩並不願意，而是甩開林君育伸來的手，自顧自地走回那陰暗客廳，抱著腿縮上椅子，打開電視，默默看著，還轉頭朝林君育做出一個怪笑神情，陰冷地說：「嘻嘻，眞的找到你了……」

林君育直到返回分隊，接連處理了各種疑難雜症，打了場小火，直到再次輪休時，窩在電視前，依舊無法忘懷當時小男孩的詭譎目光和他那句話——

「找到我了，這啥意思……」林君育百思不得其解，跟著，他呆住了。

電視新聞裡，播放著文傑的死訊。

過兩天，有一場文傑的個人競選晚會，據說文傑父親大力金援、四處拉攏地方樁腳，大舉招募人頭要替兒子辦場風風光光的競選晚會。

但文傑卻在自家上吊自殺。

林君育腦袋呆滯成一團漿糊，難以置信。

一小時後，他接到松仔的電話。

松仔的聲音比國中時期粗獷些，但個性差異不大，慌慌張張地對林君育說：「阿育，你看到新聞了嗎？文傑他……」

「我看到了。」林君育吸了口氣。「怎麼會這樣？」

「他自殺之前，有聯絡過我……」松仔用哭音說：「啊呀……電話裡講不清楚，阿育，你現在值班嗎？能不能見個面，我覺得不對勁……」

「我現在輪休，你想約在哪裡？」林君育這麼問。

兩小時後，林君育在離自己分隊不遠的咖啡廳裡，等到大老遠從科技園區趕來的松仔。

比起兩年前碰過面的松仔，現在松仔髮線後退不少，體型也胖了不少，喘吁吁地拖著行李箱，大包小包地奔入咖啡廳，左顧右盼瞧見林君育，連忙趕來。

「阿育，不對勁、事情不對勁……」松仔臉色蒼白，一副還沒坐下就急著想把積了滿腹的話一口氣講完的模樣。

「等等，你怎麼了，冷靜點……」林君育連忙起身張手安撫松仔，示意他別慌張，還接過他一身大小行李放妥，讓他上櫃檯點杯飲料慢慢說。

松仔端著飲料回來，擦了擦眼鏡，抹去額上汗水，呆望林君育半晌，這才說：「文傑自殺之前，打了通電話給我。」

「他電話裡說什麼？」

「他說……他們來報仇了。」

「他們……來報仇？」林君育呆了呆，一下子聽不明白松仔這話什麼意思。「他們是誰？」

「狐……」松仔身子微微發顫。「你忘了嗎，那時在小筑媽媽病房裡的事。」

「怎麼可能忘……」林君育苦笑。「我到現在偶爾還會夢見石大哥。」

「對！就是那時候。」松仔說：「當時我們拿到虎爺像，咬死兩隻狐……問題就在這裡，他們不只兩隻。」

「不只兩隻？」

「對！那大黑狐跟黃綠狐的同夥，找上我們了……」

「等等……」林君育打斷松仔的話，仔細與他對視，像是在觀察他的精神狀態。「這是你自己猜的，還是……」

「是文傑說的。」松仔說：「我接到他那通電話，本來還以為他精神壓力太大，要他休息一下別太拚……結果，隔天就是他上吊新聞……」

「……」林君育不是身心科醫生也不是個擅長推理的人，但畢竟他處理過太多怪胎報案案件，本能地反問：「文傑壓力太大，精神不穩定，他說那些狐找上門，你就相信了？也許是他的幻覺，或是……」

「我本來也這樣想，問題是……」松仔說：「我也碰到了……」

「你碰到什麼？」林君育問。

「我也看見狐了。」松仔說：「一隻白色的狐，眼睛是紅色的，他說他找出我們全部的人了，他想報仇，他要一個個處理掉我們……」

林君育深深吸了口氣。

不同的人，同樣的說詞——

紅眼睛的大白狐。

□

松仔在林君育分隊附近找了間便宜旅館包下整月，放妥行李。

林君育載著松仔來到當年他們竊取小廟虎爺像的那山郊。當年的大廟小廟都給鏟了，變成了一整塊待建工地。林君育和松仔遠遠地呆望那片工地，半晌說不出話。

「松仔，你是在什麼情況下見到那大白狐的？」林君育這時才想起自己竟然沒問這個問題，因爲他當時太震驚了——松仔和那怪胎口中的大白狐，是一模一樣的，以致於他瞬間信以爲眞，立時就要來找當初被他們物歸原處的小虎爺像，直到見到眼前景象，才稍稍冷靜下來。

「在我的夢裡……」松仔這麼說。

「啥！」林君育皺眉問：「你是作夢夢到的？那你……」

「停！」松仔揚手打斷林君育的話，他說：「我知道你想問什麼，我是實證主義者、職業是寫程式的工程師，我沒那麼蠢，你看——」他拉起襯衫，露出渾圓肚子上一塊紗布。

「你受傷了？」林君育驚問。

松仔沒有直接回答，而是揭開那紗布，底下是一個中文數字——

三

「三？」林君育一時困惑不解。

松仔急急忙忙地說：「那隻大白狐在夢裡跟我說，我排在第三號，早上起來，我肚子上就多了這個『三』，像是被爪子抓出來的一樣……」

林君育還沒辦法理解這個「三」的意思，就見到松仔取出手機，播放起一段新聞畫面的錄影片段，上頭播放著關於文傑自殺的後續內容，林君育尚未看過。

「法醫相驗後，初步排除他殺可能，但李父手執驗屍照片聲稱李文傑背後有兩道傷痕，堅稱兒子被人謀殺。」

新聞上出現李文傑父親，拿著驗屍照片，照片經過新聞黑白處理，但明顯看出是兩道斜斜的、一長一短的傷痕。

同樣類似爪痕。

在他人眼中，這看來就是兩道抓痕；但和松仔的夢境、肚子上的傷口對應，文傑背上這兩道小抓痕，像是個「二」。

兩人面面相覷，腦袋裡顯然想的都是同一個問題——

那麼「一」是誰？

他們急匆匆地想盡辦法與小筑和美君聯繫。

小筑懷孕數月，在自家待產，聽林君育稱有急事見她，也只能委婉拒絕；林君育自然明白小筑拒絕因由，她是懷著身孕的有夫之婦，突然接到男性老同學電話說要見面，當然不可能答應。

「沒關係，但妳平時自己小心，這件事情很複雜，我很難解釋清楚……」林君育說：「妳請妳老公找間大廟，好好拜一拜，求張平安符什麼的，或是看附近有沒有小廟，如果桌子底下有小虎爺神像，向廟公買下來，或是……」

「……」小筑在電話那端靜默半晌，說：「你是說……文傑的死，跟……以前我們玩過的那個遊戲有關？」

「對。」林君育點點頭。「那時候有些東西，沒有處理乾淨……松仔跟我在一起，他說文傑死前，打電話給他……總之妳現在先別慌，別傷到身體，但如果妳夢見一隻狐狸，白色的、紅眼睛，千萬小心，立刻通知我……」

他這麼交代完，結束通話，只見到松仔捏著手機，臉色蒼白，身子大幅度哆嗦，連忙問。

「怎麼了？」

「美君兩週前就……」松仔用哭音說：「她家人說的，她是和男友看海的時候，掉進海裡淹死的……」

林君育一時感到天旋地轉，半年前美君那通邀約電話裡的妖嬈聲音，還迴盪在他耳際。

「你看……」松仔揚起手機，展示起美君的社群頁面——

其中一則發言，時間在十餘天前。

照片是手腕特寫，腕部上有一道傷痕。

照片下文寫著——

什麼鬼啦，一覺醒來手上多一道割痕，醜死了，這樣人家還以為我割腕自殺啦，煩耶！

林君育和松仔望著那手腕特寫。

那道橫痕，顯然就是「一」。

「一、二、三……」松仔顫抖地望著林君育。「接下來就是我了，怎麼辦……我不想死……」

林君育一時也無計可施，只能帶著松仔尋訪大小廟宇，求了一堆平安符，甚至找了幾間無人管理的小山廟，和當年一樣竊走桌下小虎獸像，送松仔回他那包月旅館，兩人約定一有狀況，立時與對方聯絡。

接著，他再次開始了四十八小時的消防、救護輪班。

□

這天，輪到救護班的林君育，再度與學弟來到同一棟公寓樓下。

同樣是小男孩打的報案電話，稱自己爺爺要死了——事實上那時被送去醫院急救的老人，在醫院中一度命危，醫生推斷老人命在旦夕，但老人卻離奇地在一夜間好轉，向傻眼的巡房醫生和護理師大開玩笑，開朗進食——老人活躍的程度，遠遠超出了一般人認知中「迴光返照」

的正常範圍。

然後老人出了院，主治醫生只能當成醫學奇蹟看待。

然後林君育所屬分隊，在今天再次接到了這通電話。

和先前一模一樣，兩人抬著擔架上樓，小男孩微笑指著陰暗客廳，老人癱在椅上一動也不動，瞪眼張口，口中還發出淡淡的腐屍氣息——

但偏偏就是沒死。

林君育和學弟將老人抬上擔架，準備離去，望見小男孩抱著膝盯著電視上的卡通，屋裡還瀰漫著食物腐敗的氣息。

他不清楚老人身處醫院的時候，小男孩究竟靠什麼過活，小男孩除了最初那句話之外，對他一切詢問，沒有任何反應。

「……」林君育與學弟將老人抬上救護車，讓學弟開車，自己坐在老人身旁聯繫社福單位，簡單告知小男孩家庭情況，請社福單位派人來看看。

林君育剛掛下電話，本來動也不動的老人，突然伸手抓住他手腕。

「怎……怎麼了！」林君育愕然急問，只覺得老人的力氣也不怎麼大，反倒自己全身痠軟無力，恍恍惚惚地像是墜入夢境一般。

老人以另隻手，伸指在林君育前臂上劃了幾下。

林君育感到胳臂上發出一陣刺痛，陡然回神，老人雙手垂下，瞪眼張口——他連忙檢視老人呼吸心跳脈搏和瞳孔反應。

老人幾乎沒有呼吸，雙眼瞳孔對光線也失去反應。

但還有微弱心跳。

只是很慢，非常非常慢。

他立時對老人施以急救，送進醫院讓急診單位接手。

林君育與學弟抱著一頭霧水返回分隊時，都不知該說些什麼，林君育只覺得胳臂上的刺痛不但沒有消退，且愈漸強烈，他拉起袖子，看見左臂內側，出現一個歪歪斜斜猶如利甲抓出的字跡——

四

他感到一股強烈的惶恐襲上心頭，接連打了幾通電話給小筑和松仔，詢問兩人情形。

兩人語氣冰冷得如同陌生人般，客套幾句掛了他電話，讓他彷如置身冰窖。

他覺得電話那端的小筑和松仔，已經不是他認識的小筑和松仔了。

他惶恐不安地撐過了這次值班，一到輪休，立時趕往探視松仔。

松仔臨時找著的包月廉價旅館廊道窄小、燈光昏黃，他連撥數通電話都無人接聽，他來到松仔門外敲了半晌門也無人回應，只好下樓向旅館櫃檯人員說明來意，稱自己朋友最近情況不佳，在房裡不曉得會做出什麼事。

房務人員與林君育再次來到了松仔房門前，以備用鑰匙開門查看。

房中一片昏暗，松仔渾身赤裸，癱躺在浴室地板，雙手手腕爛糟糟的，整個人黏浸在四周乾涸的血泊中。

松仔滿嘴血渣，面露古怪笑容。

這景象看在眼裡，就像是他自己用嘴咬爛雙腕動脈一般。

03 蘭花

小男孩開門，讓社工宜珊進屋。

宜珊一進門，就聞到濃重的食物腐敗氣味，她在屋裡巡了巡，發現那氣味來源，是些腐粥、餿掉的湯水飯菜，那些飯菜不知放了多久，並未冷藏，地上散落著食物空袋和泡麵空碗，有些碗中還盛著吃到一半的泡麵。

宜珊見小男孩回到座位上，像是想要食用一碗已經發黑發霉的食物時，立時阻止了他，對他說：「姊姊帶你吃東西，好不好？」

小男孩默然一會兒，點點頭。

「你要不要先洗個澡？」宜珊聞到小男孩身上發出的臭味。「你會不會洗澡？要不要姊姊幫你洗？」

小男孩點點頭。

宜珊牽著小男孩，踏入那陰暗髒臭的廁所。

馬桶堵塞著，排泄物滿溢到地上。

同時水是冷的，瓦斯早已用盡，宜珊強忍著惡臭，快速用冷水替小男孩洗了個澡，逃難般地替他翻出套稍微乾淨的衣褲換上，將他帶離這恐怖屋子。

她帶著小男孩上速食店點了份餐，一面打電話向所屬辦公室回報這個案情況，稱小男孩亟需緊急安頓。

「爺爺。」小男孩仰頭望著站在宜珊身後的老人。

老人又活蹦亂跳地出院了，對小男孩說：「怎麼出門也沒和爺爺講？」

「姊姊帶我來吃炸雞。」小男孩說。

「有沒有謝謝姊姊？」爺爺一把抱起小男孩，像是外國電影裡的壯漢讓孩子坐在肩上，對還持著手機、一臉錯愕的宜珊微微一笑。「謝謝妳照顧我孫子啦。」

老人說完，扛著小男孩轉身就走。

「等等！」宜珊愕然追上，對老人說：「阿公，你……你不是被送進醫院了嗎？」

「是呀。」老人點點頭。「但醫生好厲害，一下就治好我了。」

和上次一樣，老人入院時，幾乎沒有生命跡象，但醫生剛來探視，還沒決定要施以何種方式急救時，老人的心跳、呼吸、脈搏和瞳孔反應，又快速恢復正常。

然後快速出院來接孫子回家了。

「可是……」宜珊見老人要走，連忙追在身後，急著說：「阿公，等等，你們家……」

「我知道，很髒很亂……」老人說：「可能我年紀大，有時累了，打掃不動……」

「要不要……我替您通報社福中心，申請一筆清潔費用，找人……」宜珊這話還沒說完，就被老人揮手打斷。

「我不喜歡家裡太多人。」老人說：「我今天有力氣了，回家就打掃，好嗎？」

「我去幫你，好嗎？」宜珊說：「有我幫忙，會整理得快點。」

「也行。」老人點點頭。

□

實際上的收拾速度，比宜珊想像中快上好多——老人的動作實在太靈活了，靈活到像是一個年輕人披著一張老人皮般，手腳俐落地將垃圾全包妥，關起廁所門嘩啦啦地弄通了馬桶，將本來髒得如同廢墟的廁所，刷洗得清潔光亮。

就連本來沉默寡言的小男孩，在老人指示下，也手腳俐落地洗碗掃地，加上宜珊，三人花了兩、三小時，就將本來像是恐怖片場景般的房子打掃乾淨，在晚上垃圾車抵達時，與他祖孫倆一同扔了數大袋垃圾。

「阿公，如果……之後還有需要幫忙的地方，隨時可以聯絡我……」宜珊在與老人與小男孩告別之前，才想起遞上名片。

「謝謝妳。」老人牽著小男孩，與宜珊告別。

宜珊覺得自己像是作了一場怪夢般地打電話與辦公室主管報告了整段過程，下班返家。

半年前，老先生給她的那條項圈，她始終擺在床頭上。

起初每週總有幾天，她會夢見老先生牽著阿財來探望她，與她閒話家常。

有一天，老先生在夢裡對她說，以後不能來看她了，因爲「底下」的差役來拘提他了；他將要前往另一個世界，在那個地方安靜等待輪迴。

亡魂在那個地方，想要上陽世、想向親人託夢，都要經過某些程序——合法或不合法的。

宜珊當時只聽得似懂非懂，但在那之後，她便只夢見阿財，再沒夢見老先生了。

夢裡的阿財顯得有些孤單，但似乎早已受老先生託付，替老先生看照宜珊般——現實世界裡老先生長年看守的廢棄倉庫和加蓋鐵皮屋已被拆除；但在宜珊的夢裡，阿財仍然會帶著她回到那個小鐵皮屋裡，讓她翻看老先生過往的照片。

雖然那些照片宜珊早已看過無數次了，但她每次仍然會翻，會和阿財閒聊老先生過往種種——她知道其實是阿財自己想看、想聽她對他講老先生的事。

她感念阿財的忠心，也不忍阿財與老先生分別，總是像哄小孩般地哄著阿財。

今晚，她在睡前輕撫了撫項圈後，如往常一樣入睡。

阿財也像是往常一樣現身。

但這夜阿財神態與過去有些不同，始終離她遠遠的，偶爾吠叫幾聲，一見她走近，立刻退縮老遠。

宜珊發現阿財的目光，總是注視著自己身後，她屢屢回頭，身後卻又什麼都沒有。

她聽見阿財發出了驚恐的吠叫，然後逃得不見影蹤。

讓她罕見地在深夜驚醒，坐起。

她在昏暗的房中發了半晌呆，許久後才繼續入睡，又作了個夢。

她夢見一隻雪白小狐狸，跟在一雙體型稍大的狐狸身後蹦蹦跳跳，兩隻大狐狸，一黑一黃，黃的那隻毛色還微微發綠。

三隻狐狸蹦跳到山坡上，眺望遠方城市，跟著三隻狐狸一齊回頭，背後是一隻碩大的灰色狐狸。

灰狐狸的眼瞳也是灰色的，身上散發出的氣息，讓夢中的宜珊隱隱覺得，即便一頭虎、一頭獅，站在這巨大灰色狐狸面前，都會忍不住嚇得縮起尾巴，像是阿財那樣逃得遠遠的。

她在平時起床的時間醒來。

但覺得全身疲累得像是整晚沒睡一般，這十分罕見，半年前她受了情傷，時常哭泣，半夜夢醒臉上都會帶著淚痕；但自從阿財常進夢裡陪她之後，偶爾見她露出憂鬱神情，便用腦袋蹭她，舔得她滿臉口水，逗得她呵呵大笑。

這讓她每天都神清氣爽地起床，元氣飽滿地追蹤舊案件，接手新案件。

她最近忙著替阿玫向收容所爭取放寬阿玫對女兒的探視權——阿玫因爲注射海洛因勒戒半年，被收容她女兒的收容所嚴格限制她的探視機會。

當初強替阿玫打海洛因針的男人，已經判刑定讞，入獄服刑，阿玫在她三不五時探視下，每次都主動在她面前驗尿，以示決心。

阿玫靠著設計接案的收入過活，想重回大學念完剩餘課業、也想接回女兒同住——這自然有點難度，宜珊也竭盡全力地幫忙她。

□

「呃？」阿玫開門，見到宜珊，露出錯愕神情。

「怎麼了？」宜珊忍不住打了個哈欠。

「宜珊姊，妳怎麼看起來這麼累？」阿玫不敢置信地望著宜珊臉上兩個黑眼圈和她那副疲累神情。「該不會又失戀了吧。」

「沒有，連可以失戀的對象都沒有……」宜珊打了個哈哈，說：「我也不知道，只覺得沒睡飽……」她看看時間，現在還不到中午，阿玫只是她今日探視的第一個對象。

她與阿玫聊了一會兒，替她驗了尿，睏倦地道別離去。

跟著，她又處理了幾件案子，在黃昏時分，接到了小男孩打來的電話，說想見她一面——

此時已經接近她下班時間，但她並沒有拒絕小男孩的要求，立時轉往小男孩與老人住處。

「汪、汪汪——」

好幾次在停紅綠燈時，她覺得自己聽見了阿財的吠聲。

阿財混有獒犬血統，那聲量和氣勢可不是一般路上野狗或是家犬能發出來的，但阿財的吠聲時遠時近，有時夾雜著驚慌、有時摻雜著憤怒。

宜珊將機車停在老人家巷口。

提著買來的食物，準備探視老人——

她感到有股無形的力量拖住了她，她見到自己手中食物袋子，微微騰空，彷彿被什麼東西咬著不放般。

同時，她聽見了阿財的鼻息和低狺聲。

「阿財？是你？」宜珊明顯感到，阿財像是不願意讓她繼續往前，走近那間屋子。

「唔、唔——」阿財的低狺聲更加清晰地在宜珊耳際迴盪。

「姊姊——」小男孩的喊聲在三樓陽台響起。

宜珊隱約聽見阿財發出驚恐狺叫，跟著再無動靜，她手中的食物袋子，也不再與她唱反調了。

她提著食物，前往探視老人與小男孩。

老人與小男孩異常活潑，與宜珊有說有笑，不知怎地，宜珊覺得自己像是深陷夢境般，一聊就聊了好幾個小時，直到深夜時分，這才與祖孫告別。

「姊姊，妳那隻大狗狗好可愛。」小男孩關上門前，咧嘴對宜珊微微一笑。「下次可以帶他一起來嗎？」

「可以呀……」宜珊當時微笑回應，但是當她下樓，發動機車時，才猶如大夢初醒，看看手機上接近凌晨的時間，驚嚇自己怎麼會拖到了這麼晚，連忙發動引擎準備返家。

她在某處紅綠燈前停下時，心中又是一驚。

小男孩告別前那句話讓她震驚。

他爲什麼知道自己有隻「大狗狗」？

他看得見阿財？

她返家時，家人都已睡了，她匆匆洗了個澡，上床睡覺。

這夜，她沒有夢見阿財，而是又夢見那三隻狐狸，和那隻大灰狐。

翌日，她拖著更疲憊的身子，去探望阿玫。

「宜珊姊……」阿玫主動驗完尿，苦笑地將試紙讓她過目，同時問：「妳到底發生了什麼事？妳現在的樣子，跟我之前的樣子很像耶……」

「我……」宜珊搖搖頭。「我這兩天都沒睡好、作了好長的夢……」

「妳夢見什麼？」

「夢見……一些狐狸……」

兩人有一搭沒一搭地聊著，直到阿玫收到了新稿案件，這才準備工作，宜珊也要道別離去。

室內燈光閃爍幾下。

門鎖打不開。

「汪汪、汪汪——」阿財的吠聲自宜珊身後響起。

宜珊愕然轉身，見到阿玫直挺挺站著，望著自己，她不解地問：「阿玫，妳怎麼了……」

同時，她嚇了一跳，揉揉眼睛，隱約見到阿財的身影坐在阿玫身旁，姿態彷彿過去待在老先生身旁一般。

「阿珊呀，妳惹上麻煩了……」阿玫歪著頭，用古怪的姿勢站著，眼歪嘴斜地說：「我第一次上人身……要是嚇著妳……可別見怪……」

「你……你是阿公！」宜珊從阿玫那怪異嗓音中，聽見老先生過往腔調，不由得有些驚訝。「你不是說你去了另一個世界嗎？爲什麼你要……」

「阿財通知我的……」阿玫依舊眼歪嘴斜，連站都站不穩，搖搖晃晃地坐倒在地，仰著頭對宜珊說：「阿財說，妳被隻大狐妖纏上了……那狐道行很高很高，想要勾妳魂魄，妳別去見他了……」

「別去……見他？」宜珊聽得一頭霧水，但猛地想起昨晚她前往探視老人和小男孩時的某些異象，立時問：「阿公，你是說那對祖孫有問題？」

「一對祖孫？」附在阿玫身上的老先生有些驚訝。「原來不只一隻狐呀……總之，妳離他們越遠越好，但這樣還不夠，他們會主動纏妳，妳得找人幫忙……」

「找人幫忙？」宜珊不解地問：「有誰……能夠幫我這種忙？」

「妳得去找『蘭花』，她是我在底下問過好多人，問出來的一位異人，她能幫妳……」附著阿玫的老先生一面說，同時掙扎起身，急著翻找紙筆，寫下一串地址，交給宜珊。「趁天黑之前，去找這位蘭花，妳只要見到她，她就會明白一切，阿財會替妳說明……」

「什麼？可是……」宜珊還沒弄清楚狀況，卻感到附在阿玫身上的老先生焦急起來。

「阿珊，別再多問！照著這地址去找她！」老先生像是用盡全力般嘶吼：「我這張許可證是假造的，時間很短……我沒辦法附人太久，不然會被陰差盯上，我得回去了！阿財！阿珊交給你保護，帶她去找蘭花——」

「吼——」阿財雄猛地應了一聲，像是在應和老先生的吩咐。

跟著阿玫癱軟倒地，像是睡著了般。

宜珊連忙去攙扶阿玫，卻感到自己手腕被張大嘴啣著往外拖。

「阿財、阿財？」她駭然叫著，手裡還捏著那張地址——她明白老先生和阿財沒有害她的理由，見阿玫雖然睡著，卻似乎沒有大礙，便離開阿玫住處，她感到有東西鑽進了她提包裡，還微微發出鼻息，知道是阿財。

她看了看時間和午後行程，除了晚上與老人和小男孩的會面約定之外，只有些辦公室內的簡單業務，便照著老先生給的地址，去找那位「蘭花」。

□

宜珊照著老先生的地址，來到了「蘭花」所居公寓，按了電鈴，尷尬地說有個過世的老先生千叮萬囑要她過來。

「蘭花」是位年邁老太太，模樣和藹、裝扮素雅，緩緩開門，盯著宜珊懷中提袋。

「汪、汪汪——」提袋微微掙動，發出阿財急切的叫聲。

蘭花奶奶像是頓時明白一切，開門招待宜珊進屋。

她進屋入座，接過蘭花奶奶遞來的一杯清茶，支支吾吾地想要解釋來此緣由——她身為社工，有著豐富與陌生人、甚至是孤僻怪老人、病人應對相處的經驗，但此時卻有些手足無措——因為她根本搞不清楚自己上門的理由。

蘭花奶奶微笑打斷宜珊的話，說：「我事先有收到一封手信，聽說是位老先生千拜託萬拜託，託人帶來給我——按照他信中說法，妳是個好孩子。」

「呃……」宜珊這才知道，老先生即便身處另一個世界，依舊關心她在陽世的安危，替她做了這麼多事，不禁有些感動。「這是我的工作，是我應該做的。」

「是呀。」蘭花奶奶微笑點頭。「有志向、有使命，是件好事……看起來，妳可能還不太明白究竟發生了什麼事，那先聽聽我的說法吧——按照那位老先生的說法，妳被『邪靈』纏上了，且那邪靈道行已非一般廟宇香火符籙能夠治得了，需要專人處理。」

「邪靈……」宜珊搖搖頭。「我不太懂，是鬼嗎？」

「信上說是『狐』。」

「狐……的邪靈？」宜珊依舊困惑。「是指……狐狸精、狐仙那個狐？」

「差不多。」蘭花奶奶點點頭。「萬物皆有靈，人死成鬼、動物死後也有魂魄，有些人稱那些動物成靈的東西作『山魅』；山魅千萬種，有些道行高，有些道行低；狐這東西，天生靈性高，死後道行也不低，許多厲害的大山魅都是狐變的，不同的狐，性情也不同，有些善、有些惡，行善的狐，往往被稱作大仙、甚至被當成神明供奉；但爲惡的狐，則會不停惹禍、甚至傷人。」

蘭花奶奶說到這裡，打量起宜珊此時憔悴神情，和她那漆黑眼圈，說：「很顯然，妳碰到的狐，不是善狐。」

「他們——」宜珊只知道昨晚阿財死命阻止她上樓去見那老先生和小男孩，但不確定那老先生和小男孩，與蘭花奶奶口中的「狐」，究竟有何種關係；不過她細想一番，幾番命危送醫卻又活蹦亂跳出院的老先生，在她面前手腳俐落，甚至力氣大得像是年輕壯漢，確實有些不尋常。

蘭花奶奶聽宜珊簡單敘述，靜默半晌，說：「坦白說，我現在對他們究竟想玩什麼把戲，一時也搞不清楚，但我會替妳將事情回報上天——這是我的職責。」

「回報……上天？」宜珊像是不明白這份「職責」，究竟是什麼樣的一份職責。

「我這份工作，有個名字，叫作『眼線』。」蘭花奶奶解釋。「眼線在陽世替天庭打聽消息，聽說哪兒有什麼妖魔鬼怪想要作亂，便將消息回報上天，請天定奪，上天會另找使者進行處理，不過——」

蘭花奶奶要宜珊先伸出手，捏捏握握她那雙青蒼虛弱的手，搖搖頭說：「妳現在情況可能有點急，我一邊將消息回報上天，一邊另外替妳找個人，她或許能夠替妳擋下那些狐。」

蘭花奶奶寫了張字條交給宜珊，囑咐她幾句話，禮貌送客。

宜珊下樓，望著那字條上的人名——

陳亞衣

人名底下還有串電話，她遲疑著不曉得該不該主動聯繫這位陳亞衣，畢竟她對整件事情依舊一頭霧水，就算聯絡上對方，一時也不知從何說起；只是蘭花奶奶已稱會代她聯繫陳亞衣，她只要等待即可，重點是——

在與陳亞衣碰面之前，別再與那老人與小男孩見面。

蘭花奶奶說她的氣色糟糕到了極點，精氣魂魄都受到影響，再上門一次，或許無法平安出來，又或許出來之後，就再也不是自己了。

宜珊爲此感到有些猶豫，畢竟那老人與小男孩是她正式接手的案子，她如果不按時登門，如何與主管報告呢？

她茫然地在街上騎繞半晌，不知不覺漸漸騎近那老人和小男孩家，她決定在附近繞繞之後返回辦公室，隨口編造份報告交差了事。

她停在巷口，望著天色漸暗的老公寓群，四周人家都開燈了，獨獨小男孩那戶依舊暗著。

她正思索著該如何編造報告，突然手機響了。

她望著來電顯示，是小男孩打來的。

她顫抖了一下，正猶豫著不該該接，便見到小男孩在前方巷口舉著手機，朝她咧嘴微笑——

那是個殺氣騰騰的微笑，彷彿看穿了她心思、看穿她知道了自己身分。

宜珊讓那小男孩凶烈厲笑嚇得渾身發顫，不知所措，下一刻，小男孩卻轉身轉入巷口。

但她連鬆懈的機會都沒有，便感到一雙小手，自她背後環抱而來。

本來消失在巷口的小男孩，此時已經坐上她機車後座。

宜珊被那小男孩自背後抱著，雙眼登時上吊，像是失去了意識般地下車，揹起小男孩往他家中走。

落在地上的提袋激烈掙動。

阿財倏地竄出，才要撲向被宜珊揹在背後的小男孩，便見到小男孩腦袋轉了一百八十度，朝阿財吹出一口白霧。

阿財衝入霧裡，像是迷路般瘋狂吠叫，四面亂闖卻找不到人。

宜珊雙眼上吊地揹著小男孩走入公寓，一層層往上，拉開半敞鐵門，走進屋內，放下小男孩，走入先前打掃乾淨的廚房。

廚房流理台上，擺著一袋食材，裡頭是些藥材、野草。

老人的話語從客廳傳來，講話內容像是燒菜備料流程。

宜珊面無表情地從袋中取出一樣樣藥材、野草，按照老人指示，清洗、切段、開火、燉湯。

老人窩躺在靠近廚房的藤椅上，笑咪咪地盯著宜珊茫然做菜的背影。

04 天命

林君育反覆不停地作著惡夢，他夢見美君被莫名怪力捲入水中，活活溺死；他夢見文傑在家中驅離了妻兒後，緩慢上吊直至窒息、失禁；他夢見松仔在旅館廁所面露詭笑，緩緩地一口一口咬爛自己雙腕動脈。

跟著，他夢見小筑。

挺著數月大身孕的小筑，站在高樓頂端，像是電影慢動作鏡頭般，向後仰倒墜樓。

「不要——」林君育吼叫驚醒，不停喘氣。

他望望天色，此時接近傍晚——他因爲親眼目睹松仔自殺慘死模樣，一夜難眠，撐到天明隨手胡塞點東西入口裹腹，躺在床上苦思應對之道，迷迷糊糊入眠，卻又被惡夢纏身，在傍晚時分驚醒。

他望了望自己手腕上那個「四」抱頭苦嘆，突然擔心起小筑，正想再次撥通電話給她，但手機已經響起，還是通視訊電話。

來電顯示正是小筑。

他驚恐接通，望著小筑急急地說：「松仔死了，是當初那些狐仙朋友來報仇了，妳……」

他話只說一半，陡然見到視訊那端的小筑神情詭譎，似笑非笑，雙眼閃爍異光，似乎已經遭到附身，一下子不知該如何是好。

「你說錯了……不是朋友，是家人……」小筑怪腔怪調地撇頭，抬手用指甲在左臉頰上大力劃下幾道——

五

小筑嘿嘿笑地撫著臉上那個五字血痕說：「當初被你們害死的兩隻狐，是我哥哥和姊姊……」

「被我們害死？」林君育憤怒地說：「是當初他們先要害我同學家人！」

「明明是你們主動找上門的。」

「……」林君育一時啞口無言，當時確實是文傑帶頭，邀請大家用碟仙招請守護靈，惹出許多麻煩；但他還是強硬辯解：「當初是我們不好，但小孩子愛玩不懂事，惹上你們，你們就要佔人身體、害人性命？」

「是人殺的狐多？還是狐殺的人多？」視訊那頭的小筑呵呵笑著反駁：「你自己說。」

「好！」林君育喘著氣，無奈說：「不管怎樣，冤有頭債有主，當初是我照石大哥的話，找了虎爺像去咬你哥哥姊姊，你們要報仇就找我，搞什麼一二三四五！你們別動小筑，當年她是爲了救她媽媽，才找上你哥哥姊姊，她是無辜的，放過她吧！要搞就來搞我。」

「你要我放過她也不是不行。」小筑微笑伸手指了指自己，說：「你用自己來交換吧。」

「交換？怎麼交換？」

「用你的身體，交換她的命。」小筑說：「你願意嗎？」

「可以。」林君育想也不想就回答。「怎麼交換？我怎麼找你們，你們現在在哪？還在那老人跟小孩家裡？」

「你很快就會知道了。」小筑說完，便結束視訊通話。

林君育正在猶豫是否該請幾天長假，徹底了結這件事情，不料分隊電話立時撥來，說是有場大火，分隊已經出車，要他直接趕往火場換裝上陣。

他聽到那住址，陡然一驚，火場位置正是先前那眼神銳利的小男孩住家——

他第一次聽說「大白狐」三個字，就是自那小男孩對門怪胎口中得知。

他的腦袋轟隆作響，但多年消防員接獲大火消息的反應本能，仍讓他快速動作，換妥衣褲，帶上手機皮夾鑰匙奪門而出。

他騎車加速抵達火場，遠遠見到一輛輛消防車將那小男孩住處公寓前後圍得水洩不通，便將機車隨意停入遠處騎樓，徒步狂奔趕去。

「我是來支援的隊員！」他衝過協助維持秩序的警察防線，奔到自己分隊消防車旁，只見整排公寓的大火以那小男孩住家爲中心向四周擴散。

林君育接過學弟遞來的裝備一一換上，急忙詢問情況：「情況怎樣？」

「好消息是整排公寓大部分住戶都疏散了，因為火勢是慢慢往外燒開來的……」學弟說：「但現在的問題是……這火很怪。」

「火很怪？」林君育急忙穿戴著裝備。「什麼叫火很怪？」

「滅不了……」學弟無奈指著那小男孩住家：「聽先到的分隊弟兄說，最早的報案電話，說是那戶人家廚房冒煙，消防隊趕到時，本來以為廚房失火，只帶滅火器上樓，但屋裡住戶死也不開門；警察也來了，以為住戶想自殺，破門破到一半，火已經從屋裡燒出前後陽台了……」

「所以老人小孩都在裡面？」林君育愕然問，只記得小男孩家中有個怪異老人，倘若是那老人輕生放火，此時按照那公寓火勢，裡頭的老人和小男孩應該凶多吉少。他急急指著巷裡兩輛消防車不停往小男孩家陽台注水的消防車問：「灌水灌多久了？」

「至少半小時了。」學弟說：「後面巷子也兩、三台車在射水，射半天都射不滅，有幾個學長拉著水線上樓，一層層被火逼下樓——他們說那些火直接在牆上燒，一路燒進左右人家裡，我們現在只能往上下左右人家裡一起射水，同時把附近住戶全撤出來……」

「火沿著牆燒，是被潑了汽油？」林君育穿戴全套裝備，只見這窄巷內汽機車早已全移走，能撤的住戶也早已撤光，又擠進兩輛消防車，一齊往火場灌水。

灌進的水潺潺地從公寓大樓門口溢出，但那火勢卻一點也沒變小，而是持續緩緩擴散——

當眞如學弟所說，是能夠在牆上爬的火。

「也不太像……」學弟指著公寓外牆。「你看，連外牆都爬，汽油哪能灑成這樣……」

「屋裡有化學藥品？」

「這不清楚，但也不太像，且沒有爆炸的跡象。」

「……」林君育望著小男孩住家火場，隱約見到一個小小的人影，攀在那陽台上，向他招手。

「你有沒有……」林君育低聲問：「看到一個小孩子。」

「小孩子？」

「現在蹲陽台上的那個小孩子？」

「沒呀，我只看見火呀。」

「好，那我知道了。」林君育深深吸了口氣，他明白了。

出門前接到小筑的那通視訊電話，就是要叫他來這個地方；附在小筑身上的狐，要他用自己的身體，換小筑的命。

他不知道如何用命換命，也不知道那狐是否會信守承諾，但當年帶頭玩守護靈遊戲的文傑已經死去，松仔和美君也被害死，他排在第四，他此時倘若退縮，這狐一樣會追殺他到天涯海角，然後輪到小筑；現在硬上，至少還能賭賭這狐的信用，要是賭成了——

死四個，總比死五個好。

他望著公寓大樓溢出的水，腦海裡浮現許多年前石大哥的背影。

石大哥當年被壞法師禁錮作惡，重獲自由幾年，卻被林君育用怪異法術招進紅布袋裡；石大哥那時和他們那群小鬼非親非故，卻接連替他們解決一個個纏身惡鬼，唯獨小筑惹上的兩隻狐仙道行深厚，石大哥指點林君育找了間小山神廟，抱走虎爺像上醫院與那附著小筑母親的狐仙正面對決。

在林君育被黑狐仙襲擊的最後一刻，石大哥挺身而出，擋下黑狐；那時石大哥本來能夠躲回他身中躲避虎爺，卻因爲他被石大哥面貌嚇著的一瞬遲疑，令石大哥被虎爺一併咬走。

從那之後，他下定決心，在某些需要他挺身而出的時刻，他絕不遲疑。

「我去看看情況。」他來到大樓門下，跟幾個屢次被大火逼回的隊員討論一番，稱自己處理過這棟公寓許多案件，比他們更清楚鄰近住戶動態，稱或許還有住戶受困其中。

那群屢次被怪火逼下樓的隊員們，同意林君育的提議，在外對著一層層樓梯間窗口注水掩護，讓林君育帶著破門工具上樓找人。

「學長，我們跟你去！」兩、三個同分隊的學弟全副武裝追上，與林君育一同上樓。

「你們破這間！」林君育指指二樓一戶。「我記得裡面有個老人行動不便，你們進去看看……」

「喔，好，可是……」學弟們正準備破門工具，卻見林君育獨自轉往三樓——說也奇怪，自外樓梯間窗外射入的水柱像是瀑布般，卻澆不滅擋著通往三樓樓梯、牆面爬漫的怪火。

但那怪火竟然替林君育讓了道，向兩側竄開一處空間，讓身著防火裝備、氧氣筒的林君育衝過。

「喂！」「學長！」幾個學弟見林君育往火裡衝，嚇得要拉回他，卻被重新攔住樓梯的怪火燒退，只能不停吆喝外頭支援分隊往三樓灌更多水。

林君育奔上三樓，只見先前那報案怪胎對門的小男孩住家，鐵門微微敞著，他手腳觸及之處，怪火便立時散去。

他戴著防火手套撥開半敞的門闖入陽台，只見陽台大火熊烈，客廳裡卻陰暗暗的一點事也沒有，他立時衝入客廳，東張西望。

陽台與客廳，似乎是兩個世界。

客廳裡，小男孩坐在電視機前，看著因對外線路燒熔而失去訊號花亂的螢幕，被小男孩當成椅子坐在屁股下的是一隻若隱若現的巨大黑狗。

大黑狗渾身傷痕，像是受了重傷——阿財受老先生遺命保護宜珊，但先是受困迷霧，跟著盡力闖出，衝上樓要救宜珊，但他連當狐仙對手的資格都沒有，只能被玩弄一番之後當成椅子坐著。

廚房方向牆邊，那屢次失去生命跡象又活蹦亂跳出院的老人，正窩躺在躺椅上，默然望著天花板。

「你們要報仇的對象就是我對吧……」林君育喘著氣，摘下防火手套，伸手進口袋裡——他口袋裡藏著前兩天與松仔尋訪大小廟宇，求得的各式各樣的護身符，甚至還有一小尊虎爺像。「我現在來了，你們解決我，事情就結束了……」

他說到這裡，發覺廚房方向還有個身影晃動。

宜珊一雙眼瞳上吊翻白，端著一碗湯出來，放在小桌上。

跟著來到老人躺椅旁，像是忠僕般跪坐下。

「阿育，你想解決這件事……就把湯喝了吧。」小男孩轉頭朝林君育咧嘴厲笑，指著小桌那碗湯說：「至於你口袋裡那些東西，要不要拿出來都可以……嗯你還是拿出來好了，因爲我覺得應該很好玩……」

「……」林君育緊握著口袋裡的護身符，聽小男孩這麼說，知道這些護身符顯然不是這些厲害狐仙的對手，默默無言地走到小桌前盤坐，望著像是被勾走心神的宜珊，轉頭問小男孩。

「你們到底想幹嘛？這件事跟她又有什麼關係？想報仇，直接找我不就好了……」

「因爲我老爹那副臭皮囊太老了，不好用。」小男孩伸手指指躺椅上的老人，跟著又指指林君育。「你不錯。」

「所以你的意思是，喝下這碗湯，我的身體就……」林君育望著小桌前那碗湯，望著湯碗中自己的倒影，心中茫然猶豫。

小男孩說：「那碗湯，會讓你的身體更適合我老爹。」

「是不是我喝下，你們就放過小筑？」林君育緩緩端起碗，望向小男孩。

「幹嘛？你愛那女人呀？她是別人老婆、肚子裡懷著別人孩子呀。」小男孩嘿嘿尖笑。

「不是。」林君育說：「我只是覺得死四個，比死五個好一點……」他說到這裡，頓了頓，又問：「你們拿到我的身體之後，可以別再害人了嗎？」

「……」小男孩望著林君育。「這我不敢保證喔。」

林君育緩緩放下碗，說：「你們如果拿我身體去害人，那我不喝了。」

「其實你從進來這房間的一刻，已經沒得選了……」小男孩說。

「不，我還有得選。」林君育掀翻那碗湯，伸手進口袋，取出那把從大小廟宇求來的護身符——十餘串小符包纏在一把小刀刀柄上，但此時林君育緊握那小刀，刀尖不是朝向小男孩，而是往自己頸子抹去。

如果眼前狐仙要用他身體害人，他唯一阻止這件事的方法，就是先弄死自己。

但他的刀尖停在頸前，一雙眼瞳和宜珊一樣上吊翻白。

小男孩嘿嘿乾笑的聲音自他背後響起，在林君育持刀自殺前，已經來到他身後，施起幻術迷住了他。

「姊姊，再去盛一碗，餵他喝。」小男孩這麼對宜珊吩咐。

宜珊點點頭，返回廚房重新盛了一碗湯，返回小桌，舀了勺湯往林君育嘴裡送。

但她的湯匙，在觸及受到小男孩控制而緩緩張嘴的林君育嘴前時，停了下來。

她那雙上吊的眼瞳漸漸放下，像是回復意識。

本來一語不發的老人，自躺椅上倏地挺直身子，目光銳利地巡掃四周。

小男孩雙手按著林君育雙肩，張頭四顧，同樣像在找尋什麼。

彷如感到強敵逼近。

下一刻，小男孩伸手往前，搶下林君育手中那掛滿護身符的小刀，捏近鼻端嗅了嗅，隨手一扔。「都是些假東西。」跟著他伸手進林君育另一側口袋裡，摸出一只小虎爺像，一把捏碎。「空的。」

林君育雙眼眼瞳也緩緩放下，彷彿不再受到小男孩邪術控制。

「咦？咦？」小男孩感到林君育出力掙扎、想要站起，立刻加大力道按著他雙肩，不讓他起身。

但林君育對面的宜珊，身子陡然一震，變了張臉，飛快探手，一把掐住小男孩頸了。

「妳是誰！」小男孩騰出一隻手，扣住宜珊手腕，臉面隱隱浮現白狐面貌。

「我是媽祖婆分靈，專程來治你這妖狐！」宜珊一手掐著小男孩頸子，厲聲說：「狐狸山魅，不乖乖待在山上遊山玩水，來城裡欺負凡人？」

「媽祖婆分靈？那是什麼？」小男孩呀的一聲，癱軟暈死——一隻大白狐眞身自他背後現形，揚起一雙雪白爪子，就往宜珊抓去。

「吼——」

本來癱軟無力的阿財，此時身泛紅光，像是被灌滿氣力般，一口咬住那大白狐爪子。

「你這狗是怎麼回事？」大白狐顯然不明白爲何本來奄奄一息的阿財，此時又突然勇猛起來，但牠還沒來得及反應，陡見宜珊背後竄出一個老太婆身影，抖開一張小紅袍，鬥牛般地與大白狐鬥起法來。

老人彎身躬腰站著，沒來幫忙白狐，而是東張西望，最後目光鎖定廚房方向——那頭通往後陽台。

「另隻大灰狐還不現眞身？」老太婆一面抖袍，與阿財聯手和白狐周旋，一面朝那老人吶喊，同時也催促林君育。「臭小子，你發什麼愣？還不把小朋友帶下去？」

「什麼？妳……這……」林君育雖然還搞不懂眼前這老太婆身分，但他過去有過相同經歷，見大白狐離體後，小男孩便暈死身旁，立時明白這小男孩只是被大白狐寄宿的無辜孩子。

林君育一把挾起小男童，拉著宜珊要往門外跑，但那窩在躺椅上的老人瞪了瞪眼，陽台大火暴起，且再也不讓道，再次將林君育等逼回客廳。

「小老弟呀，你不當我的身體，怎麼離開這裡呢？」

老人的聲音在林君育耳際響起，回頭只見老人起身，一步步朝他走來。

老人的腳印爬出火舌，在客廳四處蔓延；林君育與宜珊驚恐之餘卻莫可奈何，只見老人兩隻眼睛彷如兩個黑洞，下一刻，老人已經站在他們面前，伸手各自抓握住他們手腕。

兩人雙腿一軟，覺得頭昏眼花，雙眼又要上翻；但耳中突然響起一個陌生呼喊——「加油，撐住！」

那聲呼喊不僅喚醒兩人心神，且令兩人產生出一股新的力量，令他們重新站穩腳步。

老人揪著林君育和宜珊，東張西望，一會兒朝著在屋內亂竄與白狐遊鬥的老太婆吼出烈火，一會兒大聲喝問林君育：「臭小子，你請來什麼幫手？」

「什麼幫手？」林君育感到莫名奇妙。

「蘭花奶奶……」宜珊卻登時醒悟。「真替我們通報上天，請來幫手了……」

老人回頭，只見廚房通往後陽台的小窗炸裂，衝進一團黑影，黑影閃現起一圈圈白光。

白光所及之處，怪火全部覆滅。

一個頭戴鴨舌帽的女孩自廚房衝入客廳，頂著一張有黑有白、彷如戲曲花臉的面容，竄到老人面前，伸手要按他後頸。

老人鬆開林君育和宜珊，飛快轉身，像是角力選手般和那女孩雙掌對抓。

女孩被老人推著不住後退，連連跺腳，先是踏出幾圈白光，撲滅四周逼近的火舌。

「小道士！」老人凶厲大笑，一步步將女孩往火裡推。「妳道行還不如我呀！」

女孩陡然變臉，朝著老人猛喝一聲：「老妖狐，給我滾出來！」她怒吼同時，在地板重踏出一記黑圈，硬是將老人扳倒在地。「你如果現眞身，我可能打不過你，但你附在個糟老頭身上，道行高有什麼用？」

「喝——」老人聽女孩這麼說，眼耳口鼻炸出一團灰煙，在空中凝聚成一隻碩大老灰狐，雙爪一合，抓著女孩雙臂，將她騰空提起。

老灰狐是大白狐的老爹，也是許多年前被林君育帶著虎爺像咬死的黑狐、黃綠狐的老爹，多年之後，找著了仇人，帶著小兒子來報仇。

「如妳所願，我現眞身啦！」老灰狐咧開大口，就往女孩腦袋咬下。

但那張大狐嘴還沒咬下，就被一條如雲似水的紅綾自後繞來，纏上嘴巴和頸子，將牠腦袋硬往後拉住。

「你現眞身，就完蛋了。」女孩哈哈大笑，順勢抬腳往老灰狐下巴一踢，踢出一圈漆黑符陣，踢得那老灰狐鬆了爪子。

女孩落地，立時抱起那被老灰狐附身的老人，舉起拳頭在他胸口搥了一拳，搥出一圈紅光，跟著將老人往林君育拋來。

「哇！」林君育可沒想到那個頭不高的女孩，頂著張大花臉，力氣竟大到能拋來個人，連忙伸手要接——但他沒接牢，仰倒跌地，卻不覺得痛，只覺得老人胸口隱隱透著紅光，紅光蔓延上他全身，甚至纏繞上他身邊的宜珊，和那暈厥的小男孩。

他和宜珊同時感到像是被注入腎上腺素般，精力旺盛起來。

女孩見林君育還發著呆，立時朝他大喊：「還發什麼呆，快把人都帶下去呀！你不是消防員嗎？」

「可是！」林君育本能地抱起老人，宜珊也揹起小男孩，正困惑該如何突破陽台人火，便見到廚房後方，走進一個男人身影。

男人身上也燃著一道道火焰。

仔細看，那是一條條火龍。

「我操……」男人不耐地說：「在我面前玩火……」

火龍自男人身上炸開，幾條竄上空支援與白狐纏鬥的老太婆和阿財，幾條捲上老灰狐全身，最後一條火龍，則竄過林君育與宜珊身邊，衝上陽台，甩了甩尾，然後衝出門，往樓下竄。

本來的陽台大火被火龍甩尾繞過之後，彷彿失去了原有妖力，再也擋不下自外射進的消防水柱，漸漸被大水撲滅。

林君育雖然不明白這彷如天將神兵般的幫手究竟是何身分，但見周圍大火漸漸熄滅，自外噴入的水開始發揮滅火效力，立時抱著老人，要宜珊緊跟他下樓。

他們衝上陽台，轉頭見到那鴨舌帽女孩仍在客廳協助空中那老太婆和地上的阿財，聯手追擊白狐，那白狐在一老一少一狗夾擊下，漸漸落了下風；同時，老灰狐被那踏火而來的男人，指揮著數條火龍，打得滿屋忽上忽下地胡亂逃竄。

男人雙臂上纏著一條如雲似水的紅綾巾，雙腿上隱隱浮現一雙帶火輪子，能夠踩在牆上追打灰狐。

「動作快呀，消防員！」鴨舌帽女孩踏出一圈圈白光，撲滅鄰近火焰，同時揮手就是一片冰風，吹散四周濃煙。

林君育抱著老人衝出門往下，宜珊揹著小男孩緊跟在後——

在樓梯間和突破火陣的消防隊員們撞個正著。

幾個學弟見衝入怪火老半晌的林君育，不但沒事，還一口氣帶出三人，都嚇呆了，手忙腳亂地接應他們往外撤退。

林君育奔到公寓門邊，見宜珊、老人和小男孩都安然無恙，想起上頭那與妖狐搏鬥的男人和女孩，立時又領了幾人重回火場支援。

但此時整屋大火已經撲滅，小男孩家中積著滿地冷水。

但兩隻妖狐，男人和女孩，早已消失無蹤。

□

鄰近高樓頂上。

男人和鴨舌帽女孩，遠遠望著一輛駛離的救護車。

一旁還有兩隻被紅綾牢牢捆縛，體型已縮小成一般狐狸的灰狐狸和白狐狸。

兩隻狐狸像是已被打散了多年道行，只能垂頭喪氣地舔舐自身傷口。

「妳說……」男人望著遠方。「那打火小子是被媽祖婆挑上的對象？」

「對。」鴨舌帽女孩點點頭。「媽祖婆覺得他有善心、有熱誠，要我看照著他，試看看能不能招他入門，只不過現在碰上點麻煩……」

「什麼麻煩？」男人問。

「……」鴨舌帽女孩攤手。「看上他的，不只媽祖婆。」

「啊？」男人困惑皺眉。

「韓大哥……」鴨舌帽女孩苦笑抓臉，像是不知該從何說起。「這件事眞的很難解釋，媽祖婆也要我別多嘴漏了口風，以後眞有機會，再慢慢跟你說好了……」

□

「什麼？剛剛那些武林高手……」林君育在救護車上不可置信地望著宜珊。「是妳向一個『蘭花奶奶』請來的救兵？」

「是呀……」宜珊苦笑說：「這說起來很複雜，本來我也不相信這些東西，直到碰上老先生和阿財……」

「老先生跟阿財？」林君育更困惑了。「那又是什麼？」

「這眞的，太難解釋了……」宜珊苦笑：「總之蘭花奶奶說，剛剛那些人，是上天在陽世挑選的使者；每個使者各司其職，有些專責對付妖魔鬼怪，有些救人急難，甚至有些時候，這些使者連自己都未必知道自己身懷天命……像是剛剛那女孩，我記得她好像姓陳，她叫……」宜珊摸找口袋，已經找不著蘭花奶奶給她的那張紙條，苦笑說：「我忘了她的名字，至於另一個人，我就不認識了，不過看起來，他應該是專門對付妖魔鬼怪的那類。」

「被上天……選上的使者……」林君育若有所思。

救護車很快抵達醫院，早已接獲通知待命的醫護人員，立時接手檢查暈厥的老人、小男孩與宜珊的身體傷勢。

老人和小男孩奇蹟似地沒有受傷，但像是長期營養不良，身體虛弱，需要住院觀察。

宜珊則毫髮無傷，經過簡單檢查後與林君育道別。

林君育則重返工作崗位，繼續下一趟任務。

上天在陽世挑選了一些使者，人人各司其職，有些專責對付妖魔鬼怪，有些救人急難；有些人甚至連自己都未必知道自己身懷天命。

但他們都擁有一種共同特質——

在必要的時刻，勇於挺身而出，守護著某個人或一群人。

《守護靈　詭語怪談2》完

後記

故事的第一篇守護靈，是我多年前的一篇短篇故事，多年後增寫相關續作，對我而言，彷如一個有趣的遊戲。

十年前的我和十年後的我，甚至是故事裡的角色，對於「守護」的詮釋，都有了稍稍不同的變化；當年文傑眼中認知的守護靈，功用就是「保護自己」、「爲己謀利」；但在故事最後，石大哥讓阿育稍微明白了「守護」兩個字的意義。

小潔的眞姊姊不是小潔用法術煉養出來的守護靈，但她願意犧牲一切，守護小潔。

阿財不是老先生施法供奉的守護靈，但老先生救他一命、養他一生，他心甘情願照顧老先生至死，甚至繼續守護著餵了他無數次雞胸肉和狗罐頭的宜珊。

宜珊和長大後的阿育不是鬼也不是靈，但他們都守護了許多人。

同時也被守護著。

星子

於新北中和

2018.10.11

Tales of Mystery

詭語怪談系列　下集預告

符紙婆婆故事再現，但這次故事裡，不只有能夠替人實現願望的符紙婆婆；也有愛喝酒、總能講鬼成真的講鬼公公；還有經營遊戲屋、販賣各種玩具和古怪遊戲的遊戲爺爺……

國家圖書館出版品預行編目資料

守護靈／星子 著.——初版.——
臺北市：蓋亞文化，2018.12
面；　公分.——（星子故事書房；TS010）（詭語怪談系列）
ISBN　978-986-319-377-7(平裝)

857.7　　107018881

星子故事書房TS010

守護靈

詭語怪談系列

作　　者　星子（teensy）
封面裝幀　莊謹銘
責任編輯　盧琬萱
總 編 輯　沈育如
發 行 人　陳常智
出 版 社　蓋亞文化有限公司
地址：台北市103承德路二段75巷35號1樓
電話：02-2558-5438　　傳眞：02-2558-5439
電子信箱：gaea@gaeabooks.com.tw
投稿信箱：editor@gaeabooks.com.tw
郵撥帳號 19769541　戶名：蓋亞文化有限公司
法律顧問　宇達經貿法律事務所
總 經 銷　聯合發行股份有限公司
地址：新北市新店區寶橋路二三五巷六弄六號二樓
電話：02-2917-8022　　傳眞：02-2915-6275
港澳地區　一代匯集
地址：九龍旺角塘尾道64號龍駒企業大廈10樓B&D室
電話：+852-2783-8102　　傳眞：+852-2396-0050
初版二刷　2020年10月
定　　價　新台幣 250 元
Published and printed in Taiwan

ISBN 978-986-319-377-7

TS010
GAEA

守護靈

詭語怪談系列

蓋亞文化　讀者迴響

感謝您在茫茫書海中選擇了蓋亞，您的支持是我們最大的動力。
不要缺席喔，讓我們一起乘著夢想的羽翼，穿越時空遨遊天地！

姓名：	性別：□男□女　出生日期：　年　月　日
聯絡電話：	手機：
學歷：□小學□國中□高中□大學□研究所	職業：
E-mail：	（請正確填寫）
通訊地址：□□□	
本書購自：　縣市　書店	
何處得知本書消息：□逛書店□親友推薦□DM廣告□網路□雜誌報導	
是否購買過蓋亞其他書籍：□是，書名：	□否，首次購買
購買本書的動機是：□封面很吸引人□書名取得很讚□喜歡作者□價格便宜□其他	
是否參加過蓋亞所舉辦的活動： □有，參加過　場　□無，因為	
喜歡出版社製作什麼樣的贈品： □書卡□文具用品□衣服□作者簽名□海報□無所謂□其他：	
您對本書的意見： ◎內容／□滿意□尚可□待改進　◎編輯／□滿意□尚可□待改進 ◎封面設計／□滿意□尚可□待改進　◎定價／□滿意□尚可□待改進	
推薦好友，讓他們一起分享出版訊息，享有購書優惠 1.姓名：　e-mail： 2.姓名：　e-mail：	
其他建議：	

廣告回信 郵資免付
台北郵局登記證
台北廣字第00675號

TO：蓋亞文化有限公司 收

103 台北市承德路二段75巷35號1樓

GAEA

GAEA

Gaea

GAEA